Scatti

Dello stesso autore:

Con le mani cariche di rose

Gli abitanti pallidi. Cronistorie dalla pandemia

Lamentazioni prima dell'amore

Il segno clinico di Alda

I edizione: aprile 2021

Elliot è un marchio di Lit Edizioni s.a.s.
Via Isonzo, 34 – 00198 Roma
Tel. 06.8412007
info@elliotedizioni.it
www.elliotedizioni.com

ristampa anno

7 6 5 4 3 2 1 2021 2022 2023 2024

Michele Caccamo

FILI DI RAME E D'AMORE

Dal diario inesistente di Anna Coleman Ladd

elliot

Alle mie sorelle, felicemente indomite

Il male [...] è una sfida al pensiero, come ho scritto,
perché il pensiero vuole andare in fondo,
tenta di andare alle radici delle cose,
e nel momento che s'interessa al male
viene frustrato, perché non c'è nulla.
Questa è la banalità.
Solo il Bene ha profondità,
e può essere radicale.

HANNAH ARENDT, *La banalità del male* (1964)

PROLOGO

Per rassicurarli tenevo alta la musica della radio; sperando credessero che venisse da un'orchestrina allegra, di quelle che suonano gli inni per la battaglia vittoriosa. Non trovavo mai lenzuola pulite quando arrivavano i loro corpi appena saltati per aria. Avevano un'ardenza di fuoco aperta, e io avrei dovuto prendere tutto il ghiaccio là fuori per sedarli. Me li portavano sporchi, come se tutta la terra gli fosse caduta addosso. Mi guardavano ammutoliti: credendo io avessi l'occhio perfetto dei rettili o fossi stregata; o fossi una nobile che li avrebbe sorvegliati, che gli avrebbe dato un aiuto nuovo di zecca, che sarebbe scesa nella loro anima e ci avrebbe camminato dentro come una guaritrice. I soldati feriti lo sanno: faranno parte di un censimento, entreranno alla cieca nella Storia, come capita a chi non lo sa se sarà per felicità o per dolore, è per questo che invocano la santa grazia delle mie mani.

FUORI ERA UMIDO

Rove se ne stava sempre silenzioso, non era in grado di dire nulla.

Era la prima volta che vedeva l'inverno in periferia.

In quel sobborgo di Parigi tutto sapeva di freddo, di fossi, di sporcizia, di plastica e ferro. Il malodore non aveva fondo.

Abitava nel sottoterra del mondo.

Pensò che sarebbero stati sufficienti dei fiori e l'occhio di una donna per fargli cambiare aspetto.

Sarebbe andato via presto.

In quella casa ci passava poche ore della notte senza mai riuscire a dormire, sospettava che gli spiriti vi si aggirassero; aveva il terrore che saltassero fuori di soprassalto.

Per timore potesse capitargli qualcosa teneva la sacca delle capsule legata al polso, con un nastro di cuoio, come fosse un cinturino di orologio.

Era un giovane dottore, da poco abilitato alla salvaguardia dei sieri.

Fuori era umido, dentro pioveva.

Sarebbe andato via presto.

Ci sarebbe rimasto ancora qualche giorno. Poi si sarebbe spostato in un altro quartiere, in un piano alto. Da lì avrebbe potuto guardare più da vicino le stelle. Si sarebbe lasciato ai piedi la città.

La casa di Jolie era millimetrata, piccolissima, accanto alla Senna e al loro futuro.

Rove aveva una macchina con le gomme inzaccherate di fango.

Evitò le solite due buche, al centro della strada che portava al quartiere latino.

Guidava e immaginava un posto diverso da quello dove era atteso.

Pensava che anche con l'abito sbagliato vi si sarebbe presentato, che avrebbe confessato di non sapere bene cosa fosse accaduto mentre stava per arrivare. Avrebbe chiesto se qualcuno avesse visto girare in cielo un pesce o un cigno bianco o una qualsiasi foglia sbattuta dal vento. Se ancora ci fossero, lì attorno, delle orme umane. Se loro c'erano quando tutto stava finendo; se hanno visto l'apocalisse scendere dalle mani di Dio. Se si fossero preoccupati di mettere in salvo almeno la memoria. Se a qualcuno fosse arrivato il manuale della posterità.

Pensava che se non fosse stato per le due solite buche lui sarebbe arrivato in tempo.

Durante il viaggio, si inventava ogni giorno una storia.

Era inverno, ma soltanto lì fuori.

LA SPECIE DEI GIGANTI

Quando disse il suo nome gli scesero le lacrime.

In quell'ingresso l'aria era ferma, immacolata, acerba; qualsiasi cosa era di un finto sempreverde. Di animato non c'era neanche una mosca.

Qualcuno gli disse di appoggiare la fronte allo scanner.

Lo sollevarono di un metro prima di bloccarlo in una nuvola di disinfettante.

Rove posò poi per terra la sacca piena di capsule di siero: un dermocollante di una qualità finissima.

Rimase immobile, come una qualsiasi sagoma impressionista.

Fuori da quella stanza non si sentiva nulla.

Credeva di essere finito con i piedi nel vuoto. Non ci aveva mai pensato a come si sarebbe sentito se fosse stato rinchiuso in una bolla di silenzio.

Rove lo sapeva che quello studio era pieno di esseri disperati. Si chiedeva come facessero gli altri a pensarli pacifici e innocenti. Guardava il lettino, come un mostruoso morbo, sopra lo vedeva pieno di ossa marcescenti.

Il visore del suo holobuilder* doveva autorizzare la chiusura scorrevole dell'EAC**.

Non poteva ancora muoversi.

Rove frequentava la specie dei giganti. Quelli che cercavano di bucare Dio, con una delle loro tante esche, alla ricerca dell'Eterno.

Il dottor Levy quel giorno aveva in programma dodici interventi di livellamento facciale.

* Casco interattivo.

** Expressive Adjustment Center (Centro di adeguamento espressivo).

Avrebbe tolto da quei volti la vita, da quelle bocche qualsiasi animale feroce o felice, li avrebbe resi tutti piatti, senza fatica. Quando li tagliava, teneva le mani basse per essere più preciso, sembrava approntasse un ornamento, ricamasse delle conche. Teneva da qualche parte un pozzo pieno di occhi uguali; di bocche anonime senza nessuno stupore, nessun possibile bacio. Prima li imbrattava di sali colorati poi li modellava.

Quello studio voleva far credere di essere una casa materna.

Per non impressionarli il dottor Levy aveva messo in un angolo la cucina. Lì, ogni giorno, vi si trovava un nuovo gruppo di persone: c'era chi preparava il caffè, chi indirizzava verso il soffitto il faro per l'illuminazione, chi sentiva risuonargli nelle orecchie la forza e il terrore dell'Essere Solare.

Il ciclo di operazioni osservava un calendario rigido.

Rove lavorava per il Centro da poco tempo.

Sua madre, Jane, lo aveva implorato di cercare qualcosa di altro, qualcosa che avesse il cuore sano. Aveva paragonato il Centro a una farfalla nera e velenosa.

Jane aveva vissuto in mezzo ai campi di biade, glielo spiegava che anche i topi a volte possono sembrare uccelli.

Jane non aveva mai torto.

L'ARTE DI ESISTERE

Dal quartiere latino arrivava la lentezza della Senna.

A Rove sembrava di essere ai bordi di uno stagno. Neanche i pesci facevano un seppur piccolo salto nell'acqua. Ovunque tutto era disteso come fosse finito. Non si sentiva più l'odore del vino o del piscio. Il fiume aveva richiuso il suo dolore carnale, era diventato liscio come un corpo senza vene; era diventato un povero angelo che non sapeva volare, che non sapeva neanche fare vento.

«Rove? Sei lì sotto?».

«Sto cercando di dare un senso, un ordine. Dobbiamo catalogare tutti questi volumi, segnalare anche un solo indizio che possa risultare pericoloso».

«Un manuale su come costruire una bomba?» chiese Jolie divertita. «Passi le tue giornate in cantina, cosa pensi di trovarci?».

«Oh, non immagino, un diario segreto, un carteggio erotico, che ne so cos'altro potesse esserci in quel tempo. Ci sono decine di casse chiuse».

Rove e Jolie si erano conosciuti in un'aula di formazione dell'EAC. In una di quelle stanze in cui si pensava il Presente e si studiava l'Eternità. Chi entrava lì dentro credeva di avere il potere di sfasciare e ricomporre il mondo; si immaginava l'unico superstite.

All'EAC gli avevano detto che con il passare del tempo avrebbero avuto anche loro in mano un ago precisissimo, che sarebbero diventati capaci di togliere la stanchezza dagli occhi. Che avrebbero messo la favola bella nei volti dell'intera umanità, perché in futuro gli uomini avrebbero allentato la presa, avrebbero smesso di mordersi, di darsi la caccia, di farsi domande. Che loro avrebbero potuto annodargli i denti e le mani. Che gli avrebbero lasciato soltanto un occhio vivo e, nell'altro, il tatuaggio di un fiore secco. Che, fosse stato necessario per farli stare buoni, gli avrebbero sfilato la spina dorsale dalla fronte.

Si erano da poco trasferiti in quel quartiere.

La Sorbonne era ormai diventata un centro di reclutamento della nuova élite governativa, un affare parentale.

«Da che parte iniziamo?».

«Dal teatro, dalla letteratura. Digita "maschera", andiamo con ordine. Sarà un lavoro infinito. Ci vorranno mesi».

La polvere era sparsa ovunque, copriva tutto come un mare doloroso; voleva avere un peso: avrebbe piantato boschi, paesaggi di liquidi intossicati pur di confonderli.

«Ci pensi mai Rove a quanto siamo fortunati? A noi hanno lasciato il privilegio del sapere. Certo non possiamo divulgare la verità, i codici, ma almeno noi due abbiamo la possibilità di confrontarci».

«Ieri il Console Keat mi ha confermato che credono molto in noi».

«Non li deluderemo».

«In fin dei conti cosa ci manca?».

«Dobbiamo fare ordine, c'è talmente tanto materiale qui sotto. Ci pensi mai alla memoria delle pareti?».

«In che senso?».

«Le pareti dico, hanno una loro storia, hanno respirato vite e morti, polvere e splendore. Sono osservatori impassibili. Cosa conservano delle vite passate? Una memoria che nessun convertitore di pensiero potrà modificare. Ti sei mai chiesta chi è stato qui prima di noi? Negli anni, nei secoli, intendo».

«No, ma credo tu abbia ragione. Dovremmo interrogare le pareti, le ragnatele».

Jolie credette di sentire delle grida: non riusciva a trovare da quale punto arrivassero. Aveva intorno quintali di cose inanimate, secoli di polvere. Quella stanza poteva essere stata qualsiasi cosa, uno scannatoio per macellai, una losca birreria. Gli spazi erano pieni di tizzoni, come se lì dentro avessero racimolato e bruciato della legna. Jolie non capiva da dove stessero bussando. Credette di poter impazzire, di avere i capelli a terra e un aspetto da matta. Sentiva che in quella gabbia vi erano ancora mille anime vive.

ANIME DELL'INFERNO

«Guarda Rove» disse Jolie, impaurita.

Rove sbiancò in viso.

Un diario, intatto. Disegni e foto di facce lacerate: sembravano tutti vecchi, tutti ciechi, tutti presi a sassate a chiodate; non c'era un volto che avesse una forma; sembravano tutti uomini spediti dall'inferno.

Pensò di essere finito nell'elenco degli orrori.

Su quelle pagine impolverate non c'erano disegnati visi, ma plastiche fatte di mezzo riso, tutte dolorosissime.

Si precipitò fuori, mise le mani sul muro come avesse paura di potersi spezzare. Cadde.

In quei bozzetti di volti maciullati aveva visto occhi e bocche bruttissimi. Aveva appena visto dei funghi velenosi.

Quello sembrava fosse il libro delle mutazioni.

Caddero delle foto, ritratti di volti.

A quegli uomini era scoppiato in faccia il combustibile di Dio, la sua furia. Svenne.

A metà di Boulevard Saint-Michel Rove e Julie trovarono un diario e un nome: Anna Coleman Ladd.

GUARDARE INDIETRO

«Rove, questo diario è pericoloso. Dobbiamo distruggerlo».

In un attimo tutto era mutato. Avevano paura di poter trovare dell'altro. Non ricordavano neanche come avessero cominciato a guardare indietro.

Jolie nominò Dio, per la prima volta.

«No. Il Governo Mondiale non vuole cancellare la conoscenza, ma conservarla per il Gotha. E anche noi ne siamo parte. Jolie, non dobbiamo avere paura di apprendere dal passato, semplicemente non abbiamo il permesso di divulgarlo. Ogni volta che ci chiederanno informazioni sulla Storia, attiveremo i nostri regolatori vibrazionali e, in tempo reale, tutto quello che diremo sarà coerente con il Programma Culturale Unitario. Stai serena Jolie, noi possiamo ancora permetterci il lusso di apprendere e di studiare».

«Questo diario è impressionante, è pieno di orrori».

L'INVITO

Dal diario di Anna

«Quei nudi hanno i peli!».

«Anche la tua testa, mio caro, li ha!».

Iniziammo a litigare così l'altro giorno.

Avevo appena aperto l'invito, arrivato al numero 50 di Rue Taitbout. Il corpo della donna in copertina era un trionfo. Sembrava che l'autore di quei dipinti avesse usato colori che avevano un senso compiuto nella luce, e senza che vi fosse nessun appesantimento dell'ombra.

"Esposizione di nudi di rara e complessa bellezza, lontani dai canoni del tempo".

Nell'invito un'anteprima con i particolari di alcuni quadri: inquadrature di sguardi, di nudità irriverenti e sfacciate.

Exposition de peintures et de dessins di Amedeo Modigliani, Galérie Berthe Weill, Parigi, 3-30 dicembre 1917, mi è sembrato subito molto interessante.

Per Maynard, invece, Modigliani è un provocatore, disallinea le forme, le stravolge, non riconosce arte nella sua verità.

Per me invece la verità stessa è ambiguità. In quei ritratti ci siamo tutti noi: stilizzati nella visione degli altri, sensuali quando ne abbiamo il coraggio. Uniamo compostezza a erotismo, erotismo a malinconia. Trovo che Modigliani sia altamente ispirato. Maynard si sorprende del mio entusiasmo e lo definisce oltraggioso.

«Modigliani è geniale? Scandaloso!» dice Maynard.

Ma cosa ci può essere di scandaloso in un corpo che si mostra per quello che è? Maynard ne fa una questione di pudore.

Dice che tutto quell'apparire crudo è contro ogni pudore.

Evviva! Io sono contro il pudore. È una gabbia mentale! Combatto ogni giorno contro il pudore di chi ha subìto mutilazioni, contro il pudore di chi non ha più coraggio di alzare gli occhi sulla propria moglie, o allungarli per cercare il volto della propria madre. Contro il pudore di chi trova ripugnanti le mutilazioni facciali degli altri.

«Guardali questi nudi. C'è una delicatezza spiazzante in questi tratti. C'è eleganza nella sobrietà delle pose e degli sguardi. Occhi senza pupille, languidi, filtranti, persi chissà dove».

L'ANGOLO DEI CALCHI

Dal diario di Anna

Le tegole coprono decine di calchi: li tengo all'umido per non farli seccare completamente.

Mi inginocchio sempre prima di tirarli fuori, e supplico che dall'altra parte della casa non ci siano lamenti o ribellioni. So quanto sia difficile avere delle anime favorevoli alla trasformazione, trattare con uomini che non accettano di essere tolti da una buca nera e piena di sangue.

Rimango a lungo in ginocchio, senza riuscire ad alzarmi, come se la sostanza della mia schiena fosse di latte; guardo le maschere e ripeto: *io e te ci apparteniamo, fa' che anche lui adesso ti desideri, che anche lui ti ritenga indispensabile per ogni istante della sua vita, che capisca il tuo valore per la sua sopravvivenza, che comprenda che tu non potrai fargli del male, che è tutto finito, che sarai la sua nuova personalità, che alla fine il mutamento lo conserverà, che dovrà essere fatto di pazienza, che dovrà considerarti una buona cura.*

Noi, qui, ricostruiamo volti, tessiamo fili di rame e di compassione, con le dita affusolate prepariamo maschere e volti nuovi. E abbiamo un sorriso per ogni dolore.

Io resto a lungo china sulle schede di quei soldati sopravvissuti alla guerra, e alle mutilazioni del loro corpo. Leggo le lettere, studio sulle loro fotografie di reclutamento i tratti mancanti, quelli strappati via da una mina, o dalla precisione di un carrarmato; buchi e solchi entro cui impastare un'aspettativa di dignità.

Noi ci entriamo in quelle fessure facciali, in quegli scavi aperti nelle ossa, chiudiamo i palati messi a cielo aperto; cerchiamo il senso di quelle carni malamente legate con spaghi grossi.

Coraline è molto brava nel collaborare, ci soffermiamo nella lettura delle cartelle cliniche, sugli esiti dei precedenti interventi chirurgici per il ripristino delle funzioni nasali o boccali.

Cerchiamo la dignità nella minima visione di un occhio. Scegliamo un paio di occhiali, inventiamo espressioni, cuciamo baffi, diamo un'impronta di speranza.

UNA FUCINA DI ISPIRAZIONE

Rove era ammutolito. Si sentiva come se avesse trovato un universo insabbiato. Credeva fosse anche possibile trovare in quelle pagine qualche brandello di pelle, qualcosa di compassionevole da depositare come reliquia. Pensò di sentire i suoni di quelle tragedie, di vedere una catasta di quei feriti disperati.

«Questa donna era una rivoluzionaria!» disse. «Cerca in rete altre notizie su di lei! Forse era un medico, parla di guerra, di soldati, molte notizie sono frammentarie, sembra che qualcuno abbia già cancellato delle foto. Il convertitore automatico ha inserito delle immagini propagandistiche, ma le didascalie non sono state cancellate».

«Guarda, ci sono delle pagine volanti, nel diario».

«C'è una firma sotto, riesci a leggerla?».

«Sì, sembra ci sia scritto: "Appunti di Co... Coraline!". È quella di cui parla Anna: la sua aiutante».

«Leggi cosa scrive, forse capiremo qualcosa in più di Anna».

Anna era impaziente, pensò fosse necessario aumentare la luce nello studio, avvicinò un lume d'argento al tavolo di lavoro, liberò dalla cassaforma la piccola statua di gesso. La guardava, e credeva che quella immagine fosse davvero sbucata fuori da una notte di luna qualsiasi. Non era una scultura ma un'essenza d'amore, aveva uno splendore orgoglioso e tutta l'umanità al suo fianco. La mise in alto sulla mensola angolare: sapeva che sarebbe stata il santuario minore per i suoi battesimi quotidiani. Osservava quella sua prima opera con la potenza evocativa di una donna celebrante. La ripulì dagli eccessi e dalle sporcature del calco. Indagava su ogni piccola mappa di quel corpo, voleva accentuare il cuore nobile e lasciarle negli occhi tutta la forza della dolcezza. Poi alzò quell'impronta come l'ostia al Cielo. Noi ci facemmo intorno, ministranti dei suoi rituali, testimoni delle resurrezioni. Anna lo sapeva che la Madonna aveva sogni femminili, e che era interessata a difendere l'universo dall'estinzione; che aveva delle corde di vibrazione, che tirava quando l'energia sentimentale rallentava. Anna sapeva che la Madonna aveva un grembo vitale per l'intero infinito. Anna ha predisposto ogni piccola cosa nel suo studio di Parigi, sulla *Rive gauche*; tra intelligenze e religione. Il quartiere latino è una fucina di ispirazione e di ideali, e le bandiere sembrano muoversi tutte sotto lo stesso vento. Lo studio di Anna ha un giardino nascosto per l'accoglienza e un'armatura di petali sui muri di cinta.

«Era qui, Rove! Questa Anna lavorava qui. Parla di questo palazzo, ne sono certa».

«Andiamo avanti a leggere».

«No, continua tu. Devo prendere fiato...».

Rove iniziò a leggere.

Sembrava lavorasse la seta al telaio: le sue mani erano più sicure della scienza, avrebbero potuto ricomporre anche il mare. Si era fatto tardi. Accese una lampada votiva ai piedi della Madonna, si fece promettere che sarebbe stata ancora la Signora dell'Amore, e che avrebbe demandato alla saggezza degli angeli la protezione del suo lavoro. Anna credette di vedere un sorriso larghissimo nella Madonna, pensò fosse una benedizione aver creato quello stampo. In quella luce serale, di chiusura, il mantello appeso alla parete sembrava gravato dall'attesa. Doveva andare via, ma prima doveva ritrovare i suoi stessi connotati, la sua identità. Terminò di leggere la scheda e la mise via. L'indomani avremmo incontrato quell'uomo.

LA BELLA OBBEDIENZA

«Maschere, lo hai capito che si tratta anche qui di maschere?».

«Maschere come quelle del dottor Levy?».

«Esattamente il contrario, Rove. Se Anna fosse viva ci condannerebbe, ci definirebbe criminali».

«È stato l'uomo con la sua malvagità a portarci fin qui: si è sempre creduto padrone di ogni suo istante; senza capire che la porta gli si stava lentamente chiudendo, che sarebbero morti per primi i suoi sguardi, poi i sorrisi, poi le voci. L'uomo ha imparato la bella obbedienza, per troppi decenni si è fatto condizionare dalle virtù fasulle. C'è una spazzatura mondiale di dati irreali, finti, di notizie truccate. La ricerca è diventata una perdita di tempo. Quante volte ci siamo fermati alla prima notizia e non abbiamo cercato di verificarla? Quante volte abbiamo messo a tacere la nostra ragione critica? Quello che siamo oggi è il risultato della nostra leggerezza. Ci andava bene così e lentamente abbiamo perso lucidità. Abbiamo lasciato che tutto venisse contaminato».

«Ti ricordi la mia tesi di laurea sulle maschere?».

«Sì. E ricordo anche la dedica... "A mio padre, che mi ha aiutata a costruire le maschere per questa tesi, purché le maschere che indossiamo siano verità e mai menzogna"».

«La maschera deve servire a uno scopo: enfatizzare un'espressione, non coprirla. La maschera deve far respirare il personaggio che la indossa, non lo deve soffocare, le espressioni devono essere diverse e perfettamente caratterizzanti. Una maschera dagli occhi socchiusi vuole significare la mitezza, una con gli occhi aperti il coraggio, gli occhi spalancati sono della tracotanza o dell'impudenza. Il naso adunco è segno di malvagità, le sopracciglia aggrottate lo sono dell'ira. La bocca grande è degli schiavi. Anna realizzava maschere per costruire sogni individuali, il dottor Levy copre sogni individuali. Il dottor Levy e tutta l'équipe mondiale stanno commettendo un crimine, e noi navighiamo a vista arrendevoli e distratti. L'ignoranza è questo crimine. Non bisogna avere paura di un pensiero contrario. A me fanno effetto tutti quei volti tirati a riga. Stanno creando un esercito di mostri. Hanno capito che non siamo più capaci di opporci».

«Parli da rivoluzionaria, ma...».

«Ma non lo sono. Sto riflettendo...».

«Questa lettura è già una rivoluzione! Continuiamo a leggere senza sosta fino a domani mattina, fino ad addormentarci su questo diario».

SCHEDA TECNICA: GORIN PLANCHARD

DATI BIOGRAFICI: Gorin Planchard, nato a Lille nel 1889. Prima della guerra gestiva una locanda nella periferia della città con le due sorelle più giovani e con Terese, sua moglie.

ALTEZZA: 1,85 m.

ETÀ: 25 anni.

PERIODO E LOCALIZZAZIONE DELLA BATTAGLIA: 1914 – battaglia della Marna.

CONNOTAZIONI FISICHE: caucasico. Occhi chiari, capelli castani. Struttura fisica imponente.

STATO CIVILE: coniugato.

PROVENIENZA: Lille (Fiandre francesi – dipartimento Nord).

LA STORIA DI GORIN

Battaglia della Marna, 1914

È rimasto colpito dall'esplosione di una granata, in pieno volto, nella prima parte dello scontro con le truppe austro-tedesche, del 15 settembre del 1914. Ha un braccio e una gamba parzialmente menomati ma è il suo volto ad apparirgli rivoltante. Era un cattolico fervente, timorato di Dio; un uomo buono e caritatevole. Della sua Fede adesso non resta nemmeno un fiato per la Confessione, o una consegna alla misericordia per la Comunione. Non ha nessuna colpa se è diventato un miscredente e se ritiene Dio responsabile di aver tenuto nella sua mano la bomba che si è accanita sulla sua bocca distruggendogli la vita.

Gorin non si riconosce più, è infedele persino a se stesso. I suoi connotati, la sua identità non hanno più senso, vive un castigo irreversibile. Dice di essere diventato un buono a nulla, un buffone, e che alcuni lo chiamano "la carogna" e lo guardano sempre da lontano come se il suo volto altro non fosse che un covo per i vermi. È in uno stato di frustrazione indicibile, pensa che per lui non vi possa essere altro che la maledizione eterna.

Quella granata Gorin l'ha vista arrivare anche a casa, dal cielo come un serafino, mentre sua moglie infilava la lavanda marina negli angoli vuoti degli armadi o forse mentre dormiva. Quello che mi ha raccontato Terese è la ragione di una donna innamorata di un uomo che non esiste più e nemmeno può sperare che glielo riportino a casa. Terese non lo voleva tra le sue carni candide in quelle condizioni. Sperava che quei barellieri restassero fuori in eterno. Forse, se avesse potuto, lo avrebbe ucciso per liberare in anticipo quel suo dolore. Avrebbe così imparato a vivere.

GORIN

Quella notte la granata si girò di nuovo prima di cadere. Prillava come una melagrana di luce; sembrava stesse arrivando per spartirsi la lontananza. Il soldato non capiva cosa la potesse muovere così forte; sentiva che, comunque fosse, quell'odore già gli faceva male agli occhi. Era la prima volta che la vedeva sbucare. Stava sepolto da alcuni giorni nel fango; senza sapere che alla fine sarebbe diventato la mangiatoia, la parte calda per i cani. Non capiva perché non potesse avere nemmeno un bastone per lanciarla fuori dalla trappola, e perché non stesse ferma neanche di notte: come anche credeva facesse la luna o un animale quando piove.

Sua moglie lo aveva aspettato per mesi.

Quando ricevette la lettera suo marito era vivo, era stato ferito da una granata, sottoposto a diversi interventi chirurgici che gli avevano garantito la vita, e senza più la minima parte dei muscoli una sommaria funzionalità della bocca.

Lo avrebbero dimesso presto, per il percorso di riabilitazione che doveva proseguire fuori dall'ospedale. Sembrava se ne volessero sbarazzare, come non riuscissero a mantenere alla loro vista quella ripugnanza.

La tragedia sarebbe toccata soltanto a lei.

Era vivo sì, ma non appena vide la foto che le avevano mandato la donna svenne. Glielo avrebbero portato così, straziato, a casa.

Mise un gancio alla porta, pensò di chiudere le finestre per evitare che la trovassero. Sarebbe dovuta sembrare sicura, abituata a mentire, e avrebbe dovuto dirgli: "In questa casa non c'è spazio per questo vostro tavolaccio, non vedete che ancora perde sangue, che non ha medicazioni, e che ogni sua goccia potrebbe macchiare la mia pace?". Non avrebbe guardato il suo uomo divorato da un mastino. Ma i barellieri pur di liberarsene lo avrebbero nascosto nel peggior angolo del mondo, lasciato spaventosamente solo. E lui sarebbe rimasto con gli occhi spiritati a guardare gli angeli guidati dal demonio, e gli uccelli che avrebbe potuto giustamente chiamare avvoltoi. Aveva bisogno di medicazioni d'urgenza, che gli venissero tolte dalla pelle le braccia e le gambe della bomba.

Le chiese di avvicinarsi, di dargli un poco di buon vento perché così avrebbe potuto resistere.

E lei avrebbe dovuto dirgli: "Sì, tu adesso verrai con me".

E avrebbe dovuto chiudere la porta per difendere quell'unica vita che aveva davanti.

Gli avevano preparato una sacca, con i suoi oggetti da campo. Con le sue foglie secche che conservava come le credesse anime cadute. E l'anello della promessa di matrimonio, così lucente che bisognava tenere gli occhi chiusi. E il mazzetto di immagini divine, e le preghiere dovute prima della guardia. E un pezzo di vetro a specchio per avere l'occasione di guardarsi.

Avrebbe dovuto avere i lineamenti garbati, dolci come gli estremi dell'oceano; rossastri e pronti per scoppiare di gioia. Neanche una luce era rimasta accesa nel suo volto.

Anna avrebbe fatto la falsaria solo per potergli dare una faccia, da non nascondere sotto i vestiti. E avrebbe osservata la sorgenza del sole per darle una luce vera. Lo avrebbe liberato da tutto quel sangue orrendo, da quella sua lotta perduta.

Aveva bisogno di mostrargli la sua pietà, di fargli vedere che anche lei sputava sangue dalle ferite, che ogni battaglia le aveva già detto come vivere e che il dente contro dente della guerra non avrebbe mai avuto fine. Il soldato pensava di avere ormai la casa vuota, e non sapeva cosa farsene di lei.

La donna temette di essere in ritardo, perché non avrebbe saputo tenere insieme i suoi fili d'amore e che gli avrebbe potuto storpiare il viso come un fagiolo.

I BAFFI PER GORIN

Appunti di Coraline

Anna prese il taglierino, aprì il sacco e sfarinò sul tavolo il gesso per il calco; sembrava che con le mani si stesse preparando a toccare la parte più bella di quell'uomo che la stava aspettando: come se lei fosse la madre, quella che lo avrebbe di nuovo concepito.

Io presi la foto d'arruolamento di Gorin e la appesi sul riquadro di compensato fissato al muro. Lei prese da un cassetto la rete per coprirgli i capelli.

Anna mi chiese di prendere anche la vaselina, dovevamo rendergli impermeabili le sopracciglia, durante la preparazione del calco.

Gorin voleva vedersi con i baffi. Anna voleva fargliene di due tipi per dargli diverse possibilità.

Non lasciamo nulla al caso, nelle ricerche.

Anna dice che se non avessimo raccolto tutto questo materiale "umano" non potremmo, dico, "almeno" tentare il nostro lavoro.

IL DECLINO

Dal diario di Anna: epilogo Gorin

Gorin lo sapeva che di notte il suo buco in faccia avrebbe dato da mangiare alle mosche, ché in fondo quella che portava in giro era una grande bugia; fece allora finta di aver perduto qualcosa.

Andò via: non voleva invecchiare con la tinta di rame addosso; non voleva che a saldare i conti con il suo destino fosse un artificio di Anna.

Gorin ha tentato più volte il suicidio. Nell'ultimo tentativo è stato soccorso da un collega di Maynard che lo ha indirizzato qui.

Lo hanno trovato sepolto, fino alla testa, da topi e pietre. Gorin era così mal messo che pur con un lavoro ben eseguito, non ebbe né la volontà, né il coraggio di tornare a casa.

Finì alcolizzato in un fosso di Clichy.

CERCARE UN SENSO

Dal diario di Anna

Mi è necessaria questa conoscenza per raggiungere il *sottopelle.*

Devo sapere cosa è rimasto a questi uomini; quali e quante siano le schegge che gli hanno dilaniato i volti, che gli hanno reso impossibile la pronuncia corretta di una parola.

Il tormento per l'irreversibile li ha trascinati in un vortice di deliri. Come fanno costoro a credere ancora in qualche cosa? Questi volti sono da ricostruire non solo nella loro anatomia. Dobbiamo inventarci la loro espressione migliore, dargli la speranza del "possibile".

Questi uomini sono stati spazzati via, annullati, cancellati: noi dobbiamo riproporre brandelli di pelle e di anima ma soprattutto speranze di vita: il senso del loro tempo.

Dobbiamo prendere confidenza con l'orrore.

Nel campo di guerra si scavavano buche proprio dove cadevano le bombe.

Tocchiamo con mano lo sconforto di questi giovani innocenti, lo spettacolo ripugnante della matrice violenta dell'uomo sull'uomo. Il nostro deve essere un dialogo: un appello alla *pietās*, all'amore misericordioso, non mai alla pena verso costoro.

Se così non fosse io sarei solo una peccatrice che male sta operando.

La Grande Donna è la Madre eterna che ci sorveglia da quella mensola. Io altro non sono che un'artista innamorata della vita.

LA CARITÀ

Appunti di Coraline

Alle pareti dello studio, Anna ha appeso una serie di teste cieche, sembrano figure mitologiche; eterne, come battezzate da una qualche materia infinita.

Anna sa che qualcuno di quei soldati non ha il coraggio di tornare a casa.

Qualcuno vaga per le banlieue parigine vivendo di elemosina e ribrezzo. Altri girano con uno straccio sul viso.

Anna dice che a tutti noi manca un pieno racconto del loro vissuto, manca la loro esperienza.

Noi possiamo, con la nostra arte, creare un'alternativa illusoria, possiamo fargli vedere il lato fiducioso della vita. Possiamo coprire con una maschera i loro volti dilaniati, ma non dobbiamo soffocare il loro dolore: dobbiamo piuttosto andargli incontro e riconoscerlo dietro la rabbia, dentro a un rifiuto, dentro alla loro costante insoddisfazione.

IL TENTATIVO

Dal diario di Anna

Una maschera è come un velo nuziale, quando la indossi devi immaginare di entrare a una festa, e pensare di poter rompere tutti i bicchieri perché solo la tua vita è quella venerabile. Non devi credere che la maschera stia respirando al posto tuo. Se solo avessimo ragione sul dolore di uno di loro avremmo la speranza di riuscire con tutti. Ho bisogno di uno di loro qui con noi, tra noi. Capisci? C'è bisogno di qualcuno che sappia guidare le nostre mani, aiutarci a plasmare quel dolore a noi sconosciuto. Io ci ho provato a farmi coprire il volto di terra umida, piena di vermi per non riconoscermi. Ho chiesto a Maynard uno specchio: ho ripulito con un dito lo spazio concedibile agli occhi. I piccoli vermi si agitavano, si attorcigliavano allo spessore della terra, in cerca di una fuga da me. Li sentivo muoversi e mi immaginavo che mi divorassero la carne. Mi sono fermata all'immaginazione. Ho avuto pena di me e del mio stupido tentativo di avvicinarmi a quello che hanno provato quegli uomini dilaniati. Mi sono lavata e ho pianto per la mia fallibilità. Non possiamo capire tutto.

LA SOPRAVVIVENZA DELL'UOMO

«Non riesco a reggere il confronto. Mi scoppia la testa. Quello che faceva Anna è esattamente l'opposto del progetto dell'EAC. Le parole di questa donna non hanno il suono della paura. Costruiva maschere di rame, per coprire, con *la delicatezza di un velo nuziale*, gli orrori della guerra. Noi cosa stiamo diventando, Rove? Avremo tutti, o prima o poi, lo stesso taglio orizzontale per la bocca, e punti metallici per la tensione di un'espressione che non lasci dubbi sulla nostra miserabile fallibilità. È la nostra fine».

«Non parlare così Jolie. Dietro all'EAC c'è la sopravvivenza dell'uomo».

«Andasse a farsi fregare la sopravvivenza se dobbiamo diventare maschere della compiacenza. Le maschere hanno un alto valore. Anna le costruiva per nascondere i danni di una guerra e restituire un'idea di dignità. Ciò che fa l'EAC ha solo carattere adattativo e punitivo».

I FIORI

Appunti di Coraline

Mi colpisce l'allegrezza di Anna.
«*Bonjour Jean, comme d'habitude, s'il te plaît*».
«*Oui Madame! Gerberas et calluna*».

Ogni mattina Anna passa dal chiosco di Jean a comprare fiori colorati, coloratissimi. Gerbere per la felicità e rametti di calluna per la buona fortuna.

Qui non è ammessa la pena, ma solo riempiture di allegrezza.

Anna è sempre la prima ad arrivare. Tira le tende, spalanca le finestre, accende i macchinari per la saldatura del rame.

Mette in una grande ciotola i fiori recisi del giorno prima, li lascia seccare insieme agli altri poi li brucia con grani di mirra. Anche il dolore prende la scia di quel profumo secco per poi consumarsi nell'aria.

TU SAI COS'È L'ALLEGREZZA?

«L'allegrezza tu sai cos'è? L'hai mai incontrata all'EAC?».

SCHEDA TECNICA: LIEN NGUYEN

DATI BIOGRAFICI: Lien Nguyen, di origine vietnamita, moglie di Gerard Blassault, madre di tre figli (Jena, 20 anni; Luis, 16 anni; Luc, 13 anni).

ALTEZZA: 1,62 m.

ETÀ: 46 anni.

PERIODO E LOCALIZZAZIONE DELLA BATTAGLIA: 1914 – battaglia di Saint-Denis.

CONNOTAZIONI FISICHE: asiatica. Occhi neri, capelli scuri. Struttura fisica minuta.

STATO CIVILE: coniugata con Gerard Blassault.

PROVENIENZA: Saigon.

LA STORIA DI LIEN

Battaglia di Saint-Denis, 1914

Lien ha quarantasei anni, è minuta, apparentemente fragile. È la vicina di casa di una crocerossina che lavorava con me al campo base. Benôit è andata a prenderla. La sta accompagnando qui.

Era orgogliosa delle sue conquiste, della sua famiglia, del suo compagno: orgogliosa di quello che nella vita le stava riuscendo.

Aveva quell'orgoglio che riferisce alla padronanza del sé, un orgoglio privo di eccessi, di superbia, di vanità o di arroganza.

Per riuscire a vivere si occupava, con l'aiuto della figlia, delle pulizie nella cattedrale e nell'abitazione del vescovo di Saint-Denis.

Durante la ritirata delle truppe nemiche Lien venne colpita, in pieno viso, dalle schegge di una bomba che le portarono via l'intero naso.

Quando arrivò a La Salpêtrière le sue condizioni erano apparse disperate. Ai figli vennero date poche speranze.

Lien con il suo deciso orgoglio riuscirà a stupire tutti. Sarà lei a tranquillizzare i figli; sarà lei a spronare i medici a curarla al meglio: «Guardate i miei figli» disse al medico. «Come farebbero senza di me e con questo loro padre che chissà quando tornerà?».

Lentamente si ristabilirà; sarebbe anche pronta a riprendere la sua vita normale se non fosse per questo perfido buco nel centro del viso, che seppur camuffato è un elemento di rifiuto per lei e per chi la vede.

Un'altra sua angoscia è la reazione del marito: «Quando mi vedrà, Gerard non mi vorrà più».

Gerard l'aveva conosciuta in Vietnam, era così bella che lui non seppe separarsi da lei.

Quando la granata le aprì le narici Lien pensò di morire.

LIEN

L'organo aveva le canne sempre aperte e il filo spinato. La ragazza tentò di prenderlo tra le braccia, come fosse un piccolo lettino, e guardò le sue torri spuntate: in ognuna vi trovò un fiore che aveva preso una strada lontana e senza profumo. Nella cattedrale tremavano spesso le vetrate, come nell'imminenza dell'arrivo di Dio.

Immaginò suo marito, diventato un uccello, che volava su due mondi: uno privo di rami che gli toccava regolare il respiro per non cadere crivellato, in una qualsiasi terra muschiosa, senza poter guardare lei o la stanza dei bambini; un altro da Santo, capace di offuscare gli occhi a tutti i soldati e fargli sentire una carezza, per una volta la pace e la magica forza della ribellione: la gloria incattivisce l'uomo, lo rende impassibile e solenne anche dinnanzi all'omicidio.

Lei lo sapeva che lui aveva paura e per questo volava a un'altezza precisa e irraggiungibile, per questo non tornava.

Lei era piccola e bianca come la cera fredda.

Aveva una sua disciplina, religiosa: un inchino davanti al portale, e nelle dita una macina di pietra quando si segnava. Credeva così di farsi più sincera quando chiedeva il miracolo: di rimanere fuori dall'inferno e di poter avere dei vicini straordinariamente garbati, di non sentire più che era morto qualcuno solo perché aveva alzato la testa per guardare fuori, sopra la trincea. Che in fondo cercare l'aria è avere appetito di vita. Che ci dovremmo tutti innalzare, più in alto, per crescere come fossimo guidati dal cielo, verso il monte silenzioso dell'Eterno, che se davvero lo cerchiamo è più vicino di un palmo.

Suo marito odorava di stalla, di piscio, di volpe arrostita. Lei era così delusa che credeva fosse tutta una mascherata.

Non credeva che a un palmo di mano potesse cadere l'inferno, e che il cielo potesse restringersi davanti ai suoi occhi. Si chiedeva se la guerra fosse finita sommersa da quell'ultima immagine che aveva visto e se ci sarebbe stata una vita secondaria per loro. Inizialmente pensava le avessero tirato un vetro di mare al centro della fronte, le avessero voluto far fiorire un occhio vuoto.

La ragazza sentì un dolore come la stessero macellando, prima di perdere i sensi cercò qualcuno che potesse rinfrescarle la carne, toglierle dalla fronte quel cannone arroventato.

NULLA INTORNO

Dal diario di Anna: epilogo Lien

Gerard non l'avrebbe mai più vista. Non si seppe se per vigliaccheria, o per fedeltà a quella bellezza risucchiata nel naso.

Forse Gerard, semplicemente, impazzì dal dolore.

UNA FORMA DI DEMONIO

«La sofferenza è un'urgenza, Rove. Nasce da una mancanza, è un atto di egoismo generato dal desidero incompiuto di qualche cosa: è proprio nell'impossibilità di ottenerla. Anna scrive che Gerard non voleva più Lien perché lei, dopo il ferimento, non era più la moglie desiderabile, ma era il desiderio offeso, una disgrazia, una forma di Demonio che lo provocava. È proprio lì, nel volere disatteso, che si produce il dolore. Il godimento della bellezza di Lien non può più essere appagato. Gerard viveva per la bellezza e non per quella donna. Quanto egoismo c'è nella sofferenza? L'estetica è più forte dell'anima e dell'amore stesso? E mi domando anche perché non sia riuscito a guardare oltre quel dramma. Erano una coppia istituzionalizzata, matura, con figli grandi, non due giovani innamorati con un sogno distrutto. Gerard era uno dei nostri tempi, un capriccio di uomo arroccato sull'io».

UN DOLORE CONTINUO

Appunti di Coraline

Quando Anna è entrata in studio, trascinandosi dietro lo scatolone con le lastre di rame, si è sbrigata a dirmi cosa dovevo fare, aveva fretta di verificare la resistenza e la duttilità delle lastre.

Stavo completando un disegno, ma non trovavo la definizione perfetta per quel profilo.

Non mi soddisfaceva l'espressione che stava venendo fuori, sembrava che non completasse il volto.

Anna diede un colpo alla porta col piede e la chiuse.

Le chiesi un consiglio: credevo di dover aumentare il volume della guancia.

Mi disse di procedere da sola sul progetto di Lien. E mi ricordò di controllare l'intelaiatura per l'orecchio sinistro di un altro soldato.

Lei voleva lavorare contemporaneamente su più soggetti.

Aveva stimato che ogni maschera ci avrebbe portato via almeno tre settimane di lavoro. Non voleva bloccare i colloqui, le sedute, le prove. Voleva un lavoro coordinato e sostenuto da una squadra efficiente.

Anna si immaginava lo studio come un luogo di incontro, e di accoglienza. Voleva che si sentissero sicuri e solidali: «È importante che si confrontino, che si parlino, che condividano emozioni, che sappiano guardare e guardarsi con occhio benevolo; se riuscissero ad essere ironici avremmo già vinto».

Ironici, irriverenti. Come un capolavoro d'arte moderna. Sprezzanti e superbi!

Anna è coraggiosa: ha una visione viva delle cose. Lei vuole essere uno schiaffo per la commiserazione.

Io la fisso ammirata.

Non so ancora se le sue idee siano una bizzarria creativa o pura aspirazione a un successo antropologico.

Su una cosa non ho mai avuto cedimenti: lavorare al suo fianco è una forgia per l'anima, una scuola di vita irripetibile altrove.

PAROLE PENETRANTI

Rove e Jolie erano sconvolti da quelle parole, chiare e penetranti.

Nelle pagine di Anna riscoprivano valori e virtù desueti.

«Deve essere stato intorno al 2000».

«Cosa?».

«Che l'umanità ha iniziato a inaridirsi in modo globale. Come fosse tornata a una forma di barbarie dei sentimenti. Cioè, mi dico, prima non era così tutto, tutto così smaccatamente anestetizzato. C'è stata un'evoluzione del crimine: la rete sociale e digitale è diventata un luogo promiscuo di verità e falsità, di conoscenza e di ignoranza, di amore e di odio. La gente è diventata fragile. I Centri di Potere hanno iniziato a indebolire la ragione delle classi. I più deboli hanno iniziato a sparire come in una Sparta della comunità globale».

«Mi spaventa quello che dici. Vuoi dirmi che ciò che, per noi, oggi, è normale, non arrivi da anni di mediazione economica mondiale ma da un movimento superiore ordito contro l'uomo stesso?».

SCHEDA TECNICA: CAPITANO MARCEL CLOOTS

DATI BIOGRAFICI: Capitano Marcel Cloots, nato a Parigi, di nobile estrazione. Un suo antenato fu ghigliottinato.

ALTEZZA: 1,85 m.

ETÀ: 35 anni.

PERIODO E LOCALIZZAZIONE DELLA BATTAGLIA: 1914 – battaglia di Mulhouse.

CONNOTAZIONI FISICHE: caucasico.

STATO CIVILE: celibe.

PROVENIENZA: Parigi.

LA STORIA DI MARCEL

Battaglia di Mulhouse, 1914

Marcel mi affascinava. Era un uomo intelligente, colto, un *bon vivant* dal carattere decisamente conciliante. Ascoltavo i suoi ragionamenti mentre, sulla tavolozza, combinavo colori e speranze, cercavo il punto esatto di saturazione tra l'incarnato del Capitano e la sua, ancora viva, vanità. Volevo restituirgli il tempo delle licenze prosaiche e della seduzione. Speravo un giorno di ritrovarlo in qualche salotto a sconfinare negli ammiccamenti con le più belle donne di Parigi. Si vociferava di episodi imbarazzanti durante le visite a La Salpêtrière dove fu portato in fin di vita. Alle visite dei familiari si accodarono le tante premurose donne con cui il bel Marcel aveva una relazione in corso. Rimase nel reparto di degenza neurologica diretto da Pierre Marie, uno degli allievi più prestigiosi del prof. Charcot, per diversi mesi. La sua stanza sembrava un sacrario per le processioni misericordiose di "donne pie".

MARCEL

Il Capitano Marcel Cloots non credeva che gli sarebbe diventato il fusto debole. Che qualcosa gli avrebbe potuto scoperchiare le tane; le prigioni che aveva costruito per le sue donne.

Quando fu soccorso guardò il barelliere con un sottile fiato moribondo, lo guardò come se gli servisse una guida.

Gli chiese di versargli dell'acqua.

Si teneva duro, come temesse di sfondare la tela della portantina. Sembrava il Cristo, incapace di mutare la sua sorte, aggrappato alla lettiga come si trovasse nella parte vera della croce.

Su quella barella teneva lo sguardo chiuso in un fiotto d'ombra.

Non credeva incominciasse così presto la sparatoria.

Povera preda di guerra.

Era partito per quella missione convinto che avrebbe anche vinto, che avrebbe scavalcato tutte le rovine e i campi selvatici, con un sol salto. Che gli sarebbe bastato pestare i piedi per far alzare una nube sfarzosa e piena di fiori.

Credette che la guerra fosse una cosa irreale, che in fondo gli sarebbe bastato sorridere a chi gli stava di fronte per conquistarlo.

E che fosse inutile rintanarsi dentro le buche o dentro le maglie di lana militari che pungono e sanno d'ortica.

DIALOGO CON MARCEL

Dal diario di Anna

«Allora meglio la ghigliottina!».

«Capitano Cloots! Questo non è degno di voi!».

«Perdere la testa, cara Anna, e morire da colpevoli, in nome dell'emancipazione universale, è più dignitoso che restare morto da vivo in un mondo superficiale, conservatore, condannato ai limiti. È più decoroso un taglio netto che restare a pigolare lamentevoli su questa Terra. Guardatemi! Non vi faccio forse pena?».

«No, Capitano! Nessuno ha pena di voi. Un uomo che aderisce al richiamo della patria è pur sempre un valoroso, un uomo che sopravvive alla devastazione è un eroe».

«Ascoltatela, Anna, la mia delusione, e non biasimate la mia debolezza. La rabbia che ho va ben oltre il mio volto sfigurato. Questa mia pelle svuotata è la metafora del fallimento dell'umanità. Io discendo da Jean-Baptiste du Val-de-Grâce, barone di Cloots, il *cittadino del mondo*. Trattato da anarchico ultra-rivoluzionario, è stato condannato come un traditore per la sua teoria sulla felicità universale: lui invocava una Repubblica mondiale che potesse accogliere e governare l'intera famiglia umana. Fu incompreso il valore antropologico del suo ideale, la politica di allora concentrava su una sola nazione il successo della rivoluzione. "Il mondo è la mia patria, il mondo mi appartiene", e su questo suo fiato il boia gli fece rotolare la testa».

«"Non v'è altro sovrano che il genere umano". Capitano Cloots, era troppo moderno uno che parlava così; che ipotizzava un accordo di pace perpetua, la felicità del genere umano all'interno di un'universale politica senza confini o appartenenze nazionali, durante la Rivoluzione francese, il mondo non era pronto per simili ragionamenti».

«Perché? Ora lo è? Esiste il tempo perfetto per essere sovversivi? Siamo passati dalla ghigliottina alle granate, il Barone ci ha perso la testa, io la mandibola. Anna, Anna! La mia reputazione! Sono già morto in un corpo che ancora è vivo là sotto. Guardatemi! Ma non vi faccio pena?».

«No, Capitano, voi mi incuriosite. Io non organizzo cori per lutti, sono una che cerca la giusta intuizione tra una visione e la vostra storia. Parlatemi di voi».

«Perbacco! Siete una donna ardita. Vi dirò solo quello che la vostra virtù potrà accettare, Madame».

«Avanti e senza remore, Capitano: l'ipocrisia mi molesterebbe più delle vostre verità».

«Siete oltremodo invitante. Sia, vi dirò! Per ragioni di censo ho dovuto adempiere alla carriera militare e ho assunto il ruolo di addetto alle relazioni diplomatiche. Se non ci fosse stata la guerra, la mia vita militare sarebbe stata un proseguimento nei vizi e negli agi della mia piacevole appartenenza. Un nobile crapulone antimilitarista come me ha dovuto aderire al... come lo avete chiamato? "Richiamo della patria". Ma quale richiamo? Mia cara Anna... Ero imboscato nelle retrovie quando una granata si è infilata nella mia bocca, come una mano nel morso di un cane, mi ha spalancato la mandibola e me l'ha strappata. Dopo alcuni mesi di agonia e di degenza ho scoperto quello che era rimasto del mio viso. Dovevate vederle tutte quelle donne, attaccate alla memoria di una notte, di un bacio, si litigavano un posto in punta del mio letto. Devote come le Sante. Un tempo erano state le mie ascoltatrici, mi stavano sempre attorno, quando volevo prenderle mi accendevo come un lume e la mia luce poteva arrivare fin sopra alle stelle. La donna di turno credeva di sentire i cori della festa accoglierla. I miei erano amori senza progresso, e a ognuna domandavo: "Quale credi sia la donna perfetta per me?". Non lo sapevo neanche io, e stavo come un boia a tagliare teste e cuori; credevo che sarei sopravvissuto a tutto. Forse per questo, il giorno dopo, dimenticavo come ero stato amato. E persino il loro nome. E me le ritrovai tutte in processione a cercare di ricomporre la mia mente prima ancora della mia mascella. Come possono le donne amare un avanzo di uomo? Cosa le spinge? La pietà? La concorrenza come fosse quella delle api sui fiori? Voi non lo sapete, Anna, ma le case sono piene di mogli traditrici, che aprono bottiglie di vino e tolgono dall'armadio i cappelli di piume, e poi inciampano e ridono felici».

«Capitano, vi devo fare una proposta».

«Non vorrete essere peccaminosa?».

Anna scoppia a ridere come non faceva da tempo. La sua risata cristallina sembra voler arrivare come una ventata di aria pura.

«No, Capitano, no» ripeté Anna continuando a ridere. «Ho bisogno di voi» disse tornando sobria «qui con noi, in questo laboratorio. Voi avete la giusta ironia e c'è bisogno di questo qui dentro. Siete quel colore naturale che serve per perfezionare il lavoro sulle maschere».

Suona il campanello.

«Chi giunge ora?» chiese il Capitano.

«Dovrebbe essere Coraline, di ritorno da un incarico».

«Coraline…».

«È aperto».

ANNA E MARCEL

Appunti di Coraline

Quando entrai, dovevo essere goffa così carica di pacchi. Li tenevo sulle braccia ed erano talmente grossi che mi impedivano la vista. Ancor prima di posarli sul tavolo chiesi ad Anna chi dovessimo ricevere. Diedi un calcetto alla porta per chiuderla.

Anna con un colpo di tosse mi mise in guardia. Posai le scatole e mi voltai. Lo vidi. Lei gli stava calzando, fermandola con gli elastici dietro alle orecchie, la maschera mandibolare sul volto.

Ne restai subito affascinata. L'ovale perfetto del capitano, i suoi bellissimi occhi chiari, i suoi ondosi capelli e quel fisico longilineo furono un richiamo per la mia prorompente giovane età.

«Accetterò la vostra proposta» disse lui, con un taglio di luce diamantina negli occhi.

DAL DIARIO DI ANNA: EPILOGO MARCEL

Nel 1917, gli ricostruimmo i connotati. Il nostro incontro rese la vita del Capitano più vivibile e il mio lavoro meno fallibile.

Restammo amici per tutta la vita.

Nota aggiuntiva

La presenza di Marcel nell'attività laboratoriale fu un punto focale del lavoro. Partecipò ai colloqui esponendosi in prima persona, mostrò con disinvoltura il suo volto senza maschera.

Tanto fece bene a noi la sua presenza, quanto servì al suo carattere quel senso di collaborazione.

Qui si sentì completo anche senza protesi di rame.

IL VOLO DELL'EFFIMERA

«Era partito convinto di tornare vincitore. La caducità dei sogni è uno svilimento. Ma è pur vero che ne enfatizza il valore. Prendi l'esempio di un petalo o di un'effimera. Il primo è il vanto temporaneo del fiore, l'effimera è la riduzione minima di un ciclo vitale. Eppure? Puoi dire che l'uno o l'altra siano privi di dignità o di bellezza? La caducità conferisce maggior valore ad ogni istante. La bellezza della natura è un continuo ritorno, la bellezza di un volto o di un corpo è un viaggio inesorabile. E allo stesso tempo la bellezza di una mente come quella di Anna non è stata per caso perduta nel tempo? Non è forse stata un'eccezione? Tutto quello che ha fatto Anna, dove si è perso? Quando? Perché noi che siamo qui dopo di lei abbiamo rincorso la perfezione per il gusto del perfetto e non la perfezione per un senso vitale? Cosa abbiamo imparato da lei?».

«Vale ancora la pena sognare, Rove?».

«Bisogna tentarlo il volo dell'effimera. Un'ora e mezza di vita solo per accoppiarsi. È la riproduzione il senso del suo volo terreno, la sopravvivenza della sua specie».

«Dovrebbe essere anche il nostro... se solo riuscissimo ad essere più caritatevoli».

L'HOLOCLOCK

Era troppo moderno uno che parlava così; che ipotizzava un accordo di pace perpetua, la felicità del genere umano all'interno di un'universale politica senza confini o appartenenze nazionali, durante la Rivoluzione francese. Il mondo non era pronto per simili ragionamenti.

«Lo vedi, Jolie! È su questo pensiero che si fonda il nostro sistema mondiale».

«No. La sua era un'utopia folgorante, la nostra è una dittatura. Era sì un sostenitore dello Stato mondiale, ma sperava in un pensiero più liberale e internazionalista. Noi non stiamo facendo questo. Stiamo andando in direzione di una chiusura che è un senso inverso di libertà».

«Devo fare delle ricerche su questo personaggio, prima che qualche azzeratore cancelli i suoi dati».

L'holoclock lanciò un segnale: era in arrivo una chiamata audio dal Console Keat.

«Come andiamo, Rove?».

«Bene, Console Keat».

«Come procede la missione?».

«Console Keat, non vi dovete preoccupare, Jolie e io stiamo lavorando senza sosta. Abbiamo attivato la cancellazione irreversibile di molti contenuti».

«Rove, la missione non deve fallire, quanto prima rimuoveremo dalla rete tutte le informazioni pericolose, tanto prima porteremo a termine gli esperimenti sull'adeguamento espressivo e dunque il mondo sarà un luogo più civile e responsabile».

UN ALTRO RELITTO

Appunti di Coraline

Oggi Marcel ci ha parlato del "soldato meccanico", un suo ex commilitone. «È da poco a Parigi. Ha bisogno di voi, della vostra arte creativa e della vostra buona sapienza».

Possiamo incontrarlo non prima di due settimane.

Dobbiamo procurarci una sua foto antecedente l'arruolamento, intervistare familiari, amici e redigere la sua scheda. Le procedure sono piuttosto lunghe.

Anna ha proposto a Marcel di uscire a fare due passi per parlare di Serge.

CONVERSAZIONE ANNA-MARCEL

Appunti di Coraline

«Lasciamo respirare le maschere. Approfittiamo di un abbozzo di primavera e andiamo verso *le bassin du jardin*».

«Il caffè lo offro io, indosserò per voi la mia espressione di rame più allegra. Sapete, sarebbe bello poter fare tante maschere diverse per lo stesso uomo. Il volto accigliato, il volto perplesso, il volto ebete degli innamorati. Ci avete mai fatto caso? Quando gli uomini si innamorano hanno un volto sciocco, il muso lungo di un bovide, hanno profili distratti, persino astratti direi. E non sarebbe bello che anche io potessi indossare emozioni diverse? Svegliarmi e calzare l'espressione migliore, la più adatta al mio sentire. Vorrei scegliere la maschera in base al mio stato d'animo. Comunicherei più semplicemente le mie impressioni. Che ne dite Anna, non sarebbe una geniale follia?».

«Mio caro Capitano, siete il vento dell'entusiasmo. Parlatemi di questo vostro amico».

«Serge, il soldato meccanico! Un ragazzo disponibile ed estroverso, un tipo umile, poco più che alfabetizzato, con un'unica grande passione, quella per i motori. Era motorista riparatore nel Forte di Mutzig, uno dei più imponenti ed estesi complessi difensivi europei. Eravamo in giro di ricognizione con un piccolo drappello quando saltammo in aria. Lui venne ricoverato e trattenuto nell'ospedale all'interno del Forte. Solo qualche tempo dopo scoprì che la sua casa era stata distrutta dalle bombe e i suoi familiari erano morti o fuggiti. È rimasto nel Forte fino a pochi giorni fa, quando ho avuto notizia del suo definitivo trasferimento qui a Parigi. Me ne stavo occupando da tempo. È un bravo ragazzo e l'ho indirizzato a voi perché mi rattrista vederlo così devastato e solo. Solo e devastato. Era un bel ragazzo: il sogno di tante donne. Ma la guerra, Anna, cade dall'alto come un tramonto o una tempesta e colpisce quelli che stanno in piedi, quelli che credono che l'onore sia una buona morte. La guerra sale in groppa al primo che trova e gli caccia la carne, il sangue, lo spettro. È una filatrice di diavolerie, un'opera di bassa cucina. Quante ragazze gli parlavano di nozze e lo avrebbero reclamato con la sua divisa, con il fucile che gli luccicava quando appariva la luna, e lui era convinto che il destino lo avrebbe forgiato nella Storia come un combattente, l'unico che sarebbe rimasto vivo e luminoso e che avrebbe potuto raccontare delle sue conquiste. E ora? Non è altro che un motore secco. Lo trovarono che il suo viso pareva una bacca. Aveva un buco e gli occhi non guardavano, alcuni dissero ch'era diventato un anello e che ci sarebbero passate le dita da parte a parte, e le cartucciere delle mitragliatrici come fossero corde di rosario. L'ho incontrato ieri. È un'altra persona. Non ritrovo in quelle carni maciullate il mio amico: il mite e gioviale soldato meccanico. È diventato aggressivo, scostante e diffidente. Non capisce più se le persone lo avvicinino per affetto o per pietà».

«Convocatelo per la settimana prossima, Capitano».

L'ANIMA DI SERGE

Appunti di Coraline

Anna sapeva che con Serge il lavoro non sarebbe stato facile, ma non voleva prolungare il limbo di quel giovane disperato.

Lei lo sapeva che le anime non si accendono a caso.

Cercava dettagli di quella sua certezza nei nugoli alti e spaziati del cielo.

Quella visione sembrava l'immagine di una nuova origine.

SCHEDA TECNICA: SERGE SEGURINI

DATI BIOGRAFICI: Serge Segurini (alsaziano). Colpito mentre era accanto al Capitano Cloots.

ALTEZZA: 1,73 m.

ETÀ: 26 anni.

PERIODO E LOCALIZZAZIONE DELLA BATTAGLIA: 1914 – battaglia di Mulhouse.

CONNOTAZIONI FISICHE: nordico. Occhi chiari, capelli castani. Struttura fisica normale.

STATO CIVILE: celibe.

PROVENIENZA: Mutzig.

SERGE

Un fiore nero. L'officina si riempiva di sole che l'olio sporco colato per terra diventava argento fuso. Il soldato meccanico rimpiazzava tutto per far ripartire le macchine e la guerra. Guardava dal basso quelli che arrivavano al campo con i polmoni fiacchi, credeva avessero un influsso maligno, voleva starne lontano, si nascondeva sotto le pance dei carri armati.

Aveva nel cuore le piccole voci di casa sua e socchiudeva gli occhi quando voleva sentirle. E gli sembravano liete le parole, le bevande e i fiori accanto alla sua foto.

Il soldato meccanico sapeva che nelle bocche della sua famiglia vi erano solo vocaboli precisi.

Si fermava la sera che era un bagno di sudore, un fiore nero che era difficile sbrogliare dallo sporco. Alla fine del turno non gli rimaneva nient'altro.

Credeva di essere casto, e che bastasse la sua allegria per sollevarlo dalle esplosioni e dal dolore. E poi che fossero sufficienti le carcasse di ferro per proteggerlo: perché lì sotto le bombe non ci potevano arrivare e lui non sarebbe potuto rimanere vittima di un imprevisto.

Chiudeva anche le mani pur di occupare meno spazio, ricurvo come un bambù, sembrava un essere pentito appena scacciato dall'Eden.

Si salvava la vita, così, nascosto sotto a un timpano o a una campana o a una qualsiasi scocca sconosciuta alle bombe.

Gli dissero che stavano facendo cerchio intorno al campo. E lui mise la testa fuori come una marionetta.

Non credeva fosse possibile una pioggia così grandiosa.

DAL DIARIO DI ANNA: EPILOGO SERGE

I risultati non furono soddisfacenti.

Serge perse tutto e della sua famiglia non seppe più nulla. Nonostante gli sforzi del Capitano e il nostro lavoro, il soldato meccanico non seppe trovare un sorriso dietro la maschera.

UNA DIREZIONE UMANA

«Questo diario ha una direzione umana. La Coleman copriva le scarnificazioni mostruose; se solo avesse potuto, avrebbe dato mille espressioni diverse ad ogni suo soldato. Al Centro no, fanno altro. Un'espressione unica per tanti volti diversi».

«Sì, ma guarda che siamo noi, in fin dei conti, ad aver voluto questo. Ricordi quel saggio sulla chirurgia estetica? Ricordi quell'ossessiva ricerca della bellezza? Non hanno forse iniziato le donne, e poi anche gli uomini, a esagerare con i "ritocchi", a voler assomigliare a questo o a quello per migliorarsi? Le caratteristiche di un volto, i tratti distintivi sono diventati difetti da correggere, le rughe segni da cancellare. Un taglio qua, un inserto là, materiale plastico iniettato ovunque, i volti hanno iniziato ad assomigliarsi tutti. Questo perché noi esseri umani abbiamo iniziato a rincorrere canoni di bellezza discutibili o di presunta perfezione. Quello che ti voglio dire è che i piccoli cambiamenti di oggi, che possono sembrare l'evoluzione del domani, possono, invece, scatenare un danno irreversibile. Credo che il lavoro del Centro risponda a un cambiamento fortemente voluto dall'uomo di un recente passato: cinquanta o più anni fa...».

«Cinquanta o più anni non sono niente nella storia dell'eternità... ma gli effetti di una scelta viziosa o passiva di un solo giorno, di un solo istante, possono risultare devastanti. L'uomo ha perso il controllo».

Le voci di Rove e Jolie si confondevano, come anche i loro pensieri.

SCHEDA TECNICA: MARIE BLUMENTHAL

DATI BIOGRAFICI: Marie Blumenthal, ebrea tedesca, nata a Berlino nel 1878.

ALTEZZA: 1,75 m.

ETÀ: 38 anni.

PERIODO E LOCALIZZAZIONE DELLA BATTAGLIA: fronte Occidentale, 1916 – battaglia della Somme.

CONNOTAZIONI FISICHE: caucasica. Occhi grigi, capelli castano chiari. Struttura fisica forte e longilinea.

STATO CIVILE: nubile.

PROVENIENZA: Berlino.

LA STORIA DI MARIE BLUMENTHAL

L'aggressione a Lassigny

Marie Blumenthal, proveniente da una famiglia della borghesia ebraica berlinese – suo padre era presidente di una importante banca – dopo essersi laureata in discipline economiche aderisce al SPD* e inizia a collaborare, come giornalista, all'organo del partito.

Carattere forte. Donna di grande disponibilità umana e intellettuale, riuscì a crearsi numerose amicizie tra l'*intelligentia* e il mondo artistico francese.

Marie viene inviata come corrispondente di guerra del giornale «Vorwärts» che è su posizioni antimilitariste.

A seguito del suo articolo che narra la disfatta tedesca, Marie fu aggredita nei pressi della cittadina di Lassigny da una squadraccia tedesca in ritirata.

L'aggressione le deturpò il volto, che si racconta fosse di una bellezza toccante, e altre parti del corpo. In condizioni quasi disperate venne trasportata nell'ospedale di Reims.

Venne curata e, dato il suo carattere non incline alla depressione, riesce a nascondere, con occhiali e foulard, lo sfacelo della sua menomazione, proseguendo, seppur in semi-clandestinità, la sua attività con il giornale.

È stato uno dei suoi amici a inviarla da noi.

A Marie mancano il naso, l'occhio sinistro, parte della guancia e della mascella.

* Partito Socialdemocratico Tedesco.

MARIE

Era bella, che dalle finestre le avrebbero gettato le farfalle addosso.

Doveva proteggersi da chi saliva sui tetti tentando di colpirla; sarebbero potuti spuntare anche da dietro gli alberi o da sotto qualche paio di scarpe come le blatte.

Marie era la banditrice della pace, seminava la sua voce, lasciava ovunque un bagaglio pieno di vocaboli invariabili, stava sempre dinnanzi alla guerra. Voleva far credere ai soldati che sarebbe stata capace di sospendergli la sorte, parlando di armistizi.

Sembrava sapesse sciogliere i grumi di sangue attorcigliati intorno alle pallottole dentro al petto. Aveva con sé una squadra, fatta di parole, che sapeva sparare in quel finimondo, che sapeva fasciare i dolori di ogni ferito; sapeva alzare ovunque una polvere bianca e coprente, all'apparenza fatta di ostie sminuzzate, era così bianca che sembrava arrivasse dall'oltretomba e che potesse in qualsiasi momento far tornare ogni morto indietro, vivo.

Marie faceva credere ai soldati di essere vicini alla vigilia della fine, che presto si sarebbero visti arrivare, magari dal cielo, un getto d'amore così splendente che i loro nemici avrebbero chiesto pietà.

"Nei campi di battaglia sono presenti sempre le stesse gioventù; sembra che alcuni abbiano aperto le stesse buche, le stesse mirate esplosioni. Che se poi ci fosse qualcuno capace di distribuire una mappa d'orientamento, anche la guerra diverrebbe sostenibile".

Marie lo pensava spesso quando abbassava la testa, quando voleva immaginare di poter avere una mattinata tranquilla.

Le bombe interrompevano il volo degli uccelli, e nessuno pensava di poter essere salvato. Nessun aereo si sollevava per delimitare l'aria, per spargere sulle teste un mantello d'acciaio. Nessuno aveva un nome, nessuno aspettava che arrivasse il Natale o qualche imprevedibile gioia, stavano tutti in piena allerta per non diventare carne affumicata.

Marie cercò di sopravanzare la velocità della granata, quegli uomini nella fossa erano impotenti. Credette fosse facile traversare la rotta e arrivare prima della fiamma, con le sue parole incoraggianti. Credette di poterli avvisare tutti. Di avere disponibile la veste dell'angelo, e che quel ferro incandescente non l'avrebbe neanche sfiorata. Che li avrebbe protetti, tutti quanti.

Mentre la riportavano indietro continuava a ripetere: «La guerra è un demone insanabile, se neanche Dio è riuscito a fare di testa sua, se si è dovuto rifugiare da qualche altra parte».

DAL DIARIO DI ANNA: EPILOGO MARIE

La ricostruzione, seppur fatta a opera d'arte, non le restituì la bellezza originaria ma le permise di recuperare la libertà di proporsi senza doversi coprire e nascondere, l'aiutò a superare molti degli impedimenti a cui la sua condizione la sottoponeva.

Tra noi nacque una grande amicizia tanto che quando io tornai in America la invitai a seguirmi, anche perché in Germania i *pogrom* antisemiti si andavano intensificando. Nel 1936 venne in America con noi.

LA PAURA DELLA VENDETTA

«Rove, non senti anche tu la dismisura del tempo? Ci sta venendo addosso come intendesse farci vedere tutta la Storia che ci è stata resa invisibile. Non sapevamo nulla di Anna, e ora improvvisamente la ritroviamo immortale. In tutta la sua obbedienza alla vita. Noi invece, qui sotto, pensiamo a come cancellare la memoria, a come rendere uguali anche le lastre funeree. Ci pensi, Rove? Noi stiamo diventando i grandi iniziatori di quelli ben fatti e ben truccati, puliamo ogni giorno la rete da tutte le anime. Noi dobbiamo ordinare un domani fatto di luci e di cuori morti. Rove, non parleremo più d'amore, saremo in un banco con qualche speaker che dirà quando sarà il nostro turno. E sarà così per baciarci, per parlarci. Ci toglieranno le scarpe per non farci uscire fuori, e non ci sarà mai nessuno che potrà fare grandi gesti per salutarci al nostro arrivo. Ci metteranno nei cilindri e non potremo abbracciarci. Rove, stiamo creando la dipendenza dall'apparire, tu non pensi sia un disegno già tracciato affinché chiunque sia controllabile? Io temo che arriveranno anche a surgelarci».

«Jolie, il passato è passato. Non dobbiamo considerarlo. Se iniziamo a porci delle domande, è meglio che la vita ci lasci. Io credo che adesso dobbiamo avere paura, noi non abbiamo più scampo. Jolie, non ci hanno insegnato come tornare indietro, ci hanno fatto vedere come si costruisce il futuro, non come si recupera la memoria. Ora siamo noi, siamo qui. Siamo due ostaggi. Smettiamola di leggere: i dubbi in queste pagine sono inesauribili. Noi siamo qui per demolire, non ci serve pensare all'inutile. Noi stavamo bene, ci pensi alle luci sulla Senna? A quante volte abbiamo cantato senza smarrirci? Questa è la nostra sorte. Non dobbiamo essere gelosi dell'amore di Anna. Facciamo finta sia stato tutto fotografato per non farci aumentare l'infelicità. Noi non possiamo pensare. Sai cosa ci farebbero? Tu sei pronta a subire la vendetta? Siamo piantati dentro ai roghi. Gli basta un niente per farci diventare due mozziconi. Strappiamo questa memoria, e se necessario anche le leggi dell'Universo. Jolie, non farti sentire».

SCHEDA TECNICA: JEROME ROSTAND

DATI BIOGRAFICI: nato a Deauville il 7 marzo 1888.

ALTEZZA: 1,85 m.

ETÀ: 28 anni.

PERIODO E LOCALIZZAZIONE DELLA BATTAGLIA: 1916 – battaglia di Verdun, una delle più cruente battaglie della Prima Guerra Mondiale per numero di vittime.

CONNOTAZIONI FISICHE: caucasiche. Occhi chiari, capelli castani. Struttura fisica a rettangolo.

STATO CIVILE: celibe.

PROVENIENZA: Deauville (dipartimento Calvados – Normandia).

LA STORIA DI JEROME

La battaglia di Verdun

La mitezza e la fragilità fisica di quest'uomo stupirono tutti. Di professione faceva il bagnino nella raffinata e mondana spiaggia della Côte Fleurie nella sua cittadina di Deauville. Fu arruolato nei servizi di approvvigionamento, pensavano di affidarlo a un settore in qualche modo protetto; la battaglia di Verdun ebbe inizio nel febbraio del 1916 e si concluse nel dicembre dello stesso anno. Fu una battaglia cruenta, una delle più cruente. Arrivò da noi disperato e in condizioni miserande, inviato al nostro reparto da un primario che usava passare le sue vacanze a Deauville e conosceva Jerome ben prima della guerra. La sua disperazione era data dal fatto che la sua ragazza nel vederlo provò ribrezzo. Era maniacale nel chiederci se, con "quella cosa" che gli avremmo fatto, la sua ragazza lo avrebbe accettato.

«Non si estingue il mare». Jerome non aveva ancora imparato a vivere.

Abitava una stanza a Deauville, ci andava a piedi in spiaggia.

La Côte Fleurie teneva sempre aperti i palchi della festa, Dio aveva deciso che lì sarebbero stati tutti bene.

JEROME

Jerome avrebbe voluto essere un marinaio, stare nel picco dell'albero maestro, riuscire a chiudere con un giro di dito l'intero quadro dell'orizzonte. Era troppo fragile, non avrebbe sopportato neanche la prima tempesta. Rimase a terra, con il naso puntato in alto come fosse una beccaccia di mare.

Jerome sperava che Muriel lo potesse vedere, mentre allontanava i pericoli o quando tutti gli andavano incontro come avesse le mele d'oro. Lo avrebbe stretto con forza al suo seno, non gli avrebbe mai lasciato la mano.

Muriel aveva un posto con poca sabbia, era sempre lontana da Jerome. Lui l'amava.

«Non si estingue il mare» continuava a ripetersi.

Un bagnino ha la sua grandezza, anche di fronte al mare.

Jerome aveva due conchiglie nella tasca; le usava di notte, quando voleva sentire ballare i pesci o voleva farne volare qualcuno via. Diceva che tutto risorge in cielo, che tutti gli esseri viventi lassù hanno un protettore. Jerome ogni sera aspettava che sbucassero le prime stelle; pensava fossero gli occhi degli angeli, che stessero guardando proprio lui. Allora prendeva in mano il Vangelo e pregava. Aveva paura dei miracoli. Sapeva di essere un uomo orfano, non voleva sorprese.

Muriel cercava tutte le corti del sole; i discorsi di Jerome per lei erano un'eresia. Si metteva in ginocchio per sistemare la rena. Le pietruzze le davano fastidio.

Jerome era magro come lo scheletro di una barca.

La battaglia di Verdun è stata un imprevisto. Si è aperta come un uovo nelle mani di Jerome. Lui se ne accorse dal primo filo di fumo quasi vicino alla foresteria. Il suo rifugio era diventato debole, gli vennero gli occhi gialli. Jerome disse che sarebbe morto.

Muriel pensava che sarebbe tornato il ragazzo che aveva sempre visto in spiaggia.

I soldati diedero a Jerome una camicia colorata. Lui ci si sarebbe aggrappato per nascondersi, per non farsi vedere con il volto diviso a metà. Faceva sforzo a guardare. Sperava che quella "cosa" fosse capace di mitigare il ribrezzo di Muriel.

La cucina ha sempre un'aria umida, a starci dentro ci si sente d'acqua.

«Il mare non si estingue mai».

EPILOGO JEROME

Al termine del nostro intervento, facemmo in modo che fosse assunto come assistente nelle cucine dell'ospedale.

SCHEDA TECNICA: IGOR KUTAYSOV

DATI BIOGRAFICI: Igor Kutaysov nasce a Pietroburgo nel 1882 il Conte Igor Kutaysov.

ALTEZZA: 1,82.

ETÀ: 32 anni.

PERIODO E LOCALIZZAZIONE DELLA BATTAGLIA: 1914 – Capo Sayrch (Penisola di Crimea-Fronte Orientale).

CONNOTAZIONI FISICHE: caucasico. Occhi grigi, capelli neri. Struttura fisica imponente.

STATO CIVILE: coniugato (il suo matrimonio è stato celebrato poche settimane prima della sua partenza per la guerra).

PROVENIENZA: nato a San Pietroburgo, viene avviato alla carriera militare nell'Accademia della Marina Imperiale di stanza nel Mar Nero.

LA STORIA DI IGOR

A bordo del Goeben

Vicecomandante della Imperatritsa Mariya. La sua famiglia fa parte di quell'intrigo di aristocrazia che attornia la corte dello Zar Nicola II.

In uno scontro tra l'incrociatore Goeben della Marina Imperiale Tedesca e la Squadra di Corazzate Russe, il conte venne colpito in pieno volto.

Arrogante, presuntuoso, superbo, sprezzante verso i sottoposti e anche verso i suoi pari. Considerato un po' da tutti come la "macchietta del nobile altezzoso".

È un piccolo uomo violento e sgradevole. Quando durante la battaglia lo videro cadere, in molti sperarono di esserselo tolto da torno. Non fu così. Trasportato in un primo momento nella nave ospedale, date le sue condizioni fu trasferito nell'ospedale di Sebastopoli.

È rimasto in questo ospedale fino al marzo del 1915, poi è stato trasferito in una clinica a Pietroburgo dove è rimasto fino all'inizio dell'estate dello stesso anno.

Il suo carattere, se mai possibile, è molto peggiorato. Non ha il coraggio di vedersi, vive con una vistosa fasciatura che gli copre molto della testa e della parte di viso deturpata. Tornato a casa, ha vissuto recluso nelle sue stanze. Solo la servitù e il padre potevano incontrarlo. È stato proprio il padre a indirizzarlo qui da noi.

Non abbiamo un rapporto facile. Lo abbiamo già cacciato più volte, ma lo abbiamo dovuto riammettere per via di importanti intercessioni politiche di amici della sua famiglia.

IGOR

Sembrava fosse capace di evitare le insidie delle bombe.

Speravano tutti di vederlo tornare con il corpo spastico.

"Il Conte" dormiva su un braccio, con la mano appoggiata al fucile, temeva che qualcuno gliela facesse pagare. Magari il più piccolo dei soldati, coperto di muschio, gli avrebbe potuto sparare in bocca. Aveva paura che qualcun altro prendesse il suo posto, fosse anche il vento.

Era geloso di Karime; l'aveva lasciata sullo scalino di casa. Non aveva avuto neanche il tempo di indicarle dove avrebbe dovuto tenere il ricordo del loro matrimonio. Quando le girò le spalle pensò che stesse per sparire. Non aveva ancora fatto in tempo a spiegarle che lo avrebbe dovuto aspettare, che avrebbero preparato insieme la cena, che avrebbero avuto dei bambini, ai quali avrebbero insegnato a tenere sempre in ordine i vestiti.

Igor, il Conte, si mise sulle spalle lo zaino, partì che aveva già fame.

Giurò che arrivato al campo avrebbe saccheggiato gli zaini di tutti, avrebbe bruciato ogni loro ricordo. Si voleva circondare di orfani, di schiavi, di poveri. Si alzava sulle punte come un gallo sui covoni, tirava la sveglia e sputava sulla testa di chiunque passasse. Igor diventava ogni giorno più alto, sembrava un fusto molto ben innaffiato. Inghiottiva i soldati. Tornava sempre indietro.

Quel giorno sentì freddo; aveva la bocca semiaperta quando chiese aiuto. «Karime, non andare via adesso, avremo dei bambini. Non è successo assolutamente niente, il sangue fa solo confusione. Vedrai, mi laveranno e non avrò neanche una cicatrice».

I soldati a volte ballano, e picchiano la terra con i tacchi. A volte saltano in aria in uno scoppio di gioia. Era arrivata la notizia. Lo avevano trovato schiacciato dalla paura.

Lo stavano per soffocare, la fasciatura gli doveva coprire metà bocca. Sputava in faccia agli infermieri «Non siete mia moglie, non toccatemi».

Karime si era già vestita di nero. Igor la vide così, quando lo portarono a casa. Le chiese dove lo avrebbe messo, che voleva una stanza senza specchi. Ogni tanto lui la chiamava dal letto. Karime lo aveva messo tra i morti.

Jerome chiedeva a suo padre quali fossero i tratti del suo volto, se avessero mai più avuto una pienezza in entrambe le guance, se gli si sarebbe svegliata la carne e l'avrebbe riempito ovunque nel viso. Jerome sentiva di avere metà faccia congelata, sentiva, alle volte, qualche verme fargli il solletico.

Ci voleva perfino del coraggio con lui. Gli chiesi il suo nome.

«Cosa ti cambia, dipende da come mi chiamo il tuo lavoro? Non sono qui per la tua curiosità di donna».

Gli avrei messo in faccia del cemento.

Lo presi per il polso e gli dissi di andare.

«Meriti di continuare ad essere uno zimbello».

Il padre di Igor lo voleva incatenare a Parigi, all'ingresso dello studio. Lo sapeva che non avevano scampo.

Il calco veniva fuori con un dolore pazzesco, sembrava incapace di dargli un accenno di sorriso, un'espressione di quiete. I fili di rame stavano aperti, sembravano staccati, avevano lo spessore dei chiodi di ferro.

Igor camminava dritto e veloce, come un cipresso in fiamme. Era un animale liberato per strada.

Quando vide Antoine gli si lanciò contro. Baciò la mano a sua moglie, le chiese il nome, le chiese dove stesse andando. L'aspettò il giorno dopo e tentò di toccarle il seno.

Antoine era capace di sparare e colpire una farfalla sul fiore dell'altro campo. Jerome non lo sapeva, si disse pronto. Non ebbe neanche il tempo di aggiustarsi la maschera per poter mirare.

Quando Karime lo seppe era già vestita di nero. Strinse i denti come avesse un fastidio. Sputò per terra.

DAL DIARIO DI ANNA: EPILOGO IGOR

Dopo aver oltraggiato la moglie di un suo collega militare, è morto, in duello.

SCHEDA TECNICA: ERICH VON FALKENMETZ

DATI BIOGRAFICI: Erich von Falkenmetz, aristocratico, nasce a Potsdam nel 1862. Militare di carriera. Feldmaresciallo tedesco.

ALTEZZA: 1,80 m.

ETÀ: 54 anni.

PERIODO E LOCALIZZAZIONE DELLA BATTAGLIA: 1916 – battaglia dell'Isonzo.

CONNOTAZIONI FISICHE: ariano. Occhi chiari, capelli castani. Struttura fisica imponente.

STATO CIVILE: coniugato.

PROVENIENZA: Potsdam (Land del Brandeburgo).

LA STORIA DI ERICH

L'Isonzo

Nella battaglia dell'Isonzo portò le truppe austro-ungariche a conquistare alcune posizioni che successivamente l'esercito italiano respinse. Per via delle gravi perdite subite fu estromesso da ogni posizione di comando e mentre rientrava a Berlino una granata lo colpì in pieno viso.

Per nulla pentito, anzi, orgoglioso delle sue gesta guerresche, arrivò a noi raccomandato da un *altigrado* dell'esercito francese. Non ci fu facile prenderlo in cura. Lo sentimmo come uno dei responsabili di quel massacro che la loro guerra aveva prodotto. Ci si propose altezzoso e protervo nei modi. Sapemmo metterlo al suo posto, lasciandolo per alcune settimane in attesa: arrivava al mattino e come fossimo i suoi subalterni ci ordinava di prenderci cura di lui. Uno di noi lo invitava a seguirlo nella piccola corsia allestita per i casi particolari e lì lo lasciava. Ad ogni suo tentativo di avvicinarci, veniva invitato a sedersi e attendere il suo turno. Era un personaggio così odioso che avremmo preferito non curarlo. Dopo varie settimane di attesa, perse tutta la sua arroganza e iniziò a chiederci, in modo sottomesso, di aiutarlo. Iniziammo a prenderlo in considerazione solo quando ci chiese perdono e si scusò per i modi poco garbati. Gli mostrammo quindi la tragedia che la loro guerra aveva procurato. Lo vedemmo piangere, silente, in un angolo della corsia; fece ammenda. Nessuno di noi si intenerì, e a ragione. Appena terminato l'intervento ci scaricò addosso tutto il suo disprezzo accumulato, nell'attesa. Con mossa scaltra Coraline gli tolse la protesi e lo cacciò dal nostro ambulatorio. Riuscimmo a liberarci di lui con l'aiuto di Marcel.

ERICH

Il suo volto era ormai fatto di trucioli, ma continuava a voler sembrare un mastino. Sudava, come stesse aspettando lo scoppio di una bomba a tempo. Non era possibile farlo stare fermo nell'attesa, saltava per la stanza come fosse un gallo morente, metteva le dita in testa a modo di cresta; ogni parola gli si sfasciava in bocca. E lui, per offenderci, ci diceva che eravamo troppo bianchi, troppo puliti, che sembravamo contenitori per il latte, spuntoni di marmo. Forse, anzi sì, un ossario.

Credeva fossero ignobili per la sua bellezza le nostre cure. E ci guardava come fossimo noi la colpa della sua miseria umana.

Molti uomini credono di essere pezzi di cielo, di avere un ruolo gigantesco foss'anche nel Paradiso. E anche quando stanno per essere stampati con la calce fanno finta di non accorgersene e che tutto quel bianco sia solo cipria.

Erich era una mescola di paura e incoscienza.

Lo tenevamo come un cane nel fango, lontano e in disparte. Per ore e spesso per un giorno intero. Pur di non scoppiare di bile si piegava su di sé e tirava dalla pancia il respiro, con il fiato pesante come fosse un ippopotamo. Alcune volte si aveva l'impressione che volesse esorcizzare il suo destino.

Non è riuscito a mantenere a lungo quella finzione.

Ci perse l'indice per le volte che chiese aiuto.

Usciva dalla sua caverna di primitivo, perdeva il suo fascino e aveva paura di incrociare i nostri sguardi. Ci cercava come fosse stato appena trafitto da un inaspettato dolore.

Erich aspettava una culla piena di pace, un ponticello che fosse resistente quanto una roccia, una coscienza per davvero voluta da Dio.

DAL DIARIO DI ANNA: EPILOGO ERICH

Spero sia morto divorato dai sensi di colpa.

FOGLIAME DA GIARDINO

«Siamo diventati fogliame da giardino, moriamo tutti quanti senza avere una data. Qui attorno ogni cosa è elettrica, le certezze sono minacciose. Jolie, da soli non saremmo capaci di andare da nessuna parte, non ci siamo accorti dove ci hanno infilati. Lo hanno fatto senza provocarci neanche una ferita; ci hanno portati lentamente al pascolo che ci superavano anche i calabroni. Ci hanno svuotati, la carne è rimasta fradicia così abbiamo creduto che avessimo ancora del sangue. Guarda adesso queste lastre che ci chiudono, che ci rendono impossibile raggiungere la porta. Anche io e te siamo delle bolle, delle sedie vuote. Jolie, noi siamo infettati, possiamo indossare qualsiasi scafandro ma siamo marci, perché siamo tristi e allineati. Loro hanno creato un cemento a forma di città, noi non possiamo più alzare la polvere dalle erbacce, non possiamo più riempirci di alcol. Capisci che siamo malati a morte, che non possiamo sederci perché ovunque c'è una vernice fresca e tossica? Neanche la luce ha più velocità, ci hanno chiuso l'entrata della vita, hanno tenuto fermo un vento freddo. Ci hanno messi in una barchetta di carta poi ci hanno avvisati che stava per arrivare la tempesta. Lo capisci che mi sono spaventato? Lo sapevano che non sarebbe bastata una conchiglia per proteggerci tutti. Fossimo stati per finire sott'acqua, io non sarei stato neanche capace di nuotare. Jolie, dove è finito quel meraviglioso cavallo che credevamo di avere in casa, quell'essere superbo che viaggiava lontano da noi?».

IL PENSIERO DI ANNA E CORALINE

Monologo Jolie

«I soldati sono numeri, come noi, anche noi lo siamo. Entriamo alla cieca nella Storia: non sappiamo nemmeno se per merito o per compassione, se per felicità o dolore. Dobbiamo combattere questo anonimato della coscienza, questa privazione della consapevolezza. Cosa stiamo facendo? Cosa abbiamo perso? Ci siamo abituati a questa prassi comune del vivere con gli occhi spenti. Non cerchiamo orizzonti ma sprofondiamo nella verticalità del passato. Non riteniamo indispensabile ogni istante della nostra vita, non combiniamo più ragionevolezza a ipotesi. Viviamo da morti senza più dignità. Siamo spudoratamente inceneriti dentro, senza nemmeno la vergogna dei vermi. Strisciamo in questa vita che ci piaga e ci piega come lamelle di rame. Non abbiamo più un fulgore da alzare al cielo o una bestemmia. C'è una delicatezza spiazzante in questi nostri tratti. Siamo penosi al pari dei soldati di Anna, ma noi siamo eroi impassibili di una guerra invisibile. I comandi sono l'apatia, la remissione, l'obbedienza alla mollezza. Non riconosciamo più l'eleganza di uno sguardo: "occhi senza pupille, languidi, filtranti, persi chissà dove". Non riconosciamo più il valore della sopravvivenza. Ma nemmeno il senso. L'hai detto tu: "L'uomo si è sempre creduto padrone di ogni suo istante", ed è vero. Ti faccio un esempio. Quando nel 2020 iniziò la pandemia tutti cercavano colpe, ipotizzavano complotti, perché l'uomo moderno ha una innaturale presunzione al controllo e ritiene che non debba capitare nulla al di fuori della sua conoscenza o della verosimiglianza. Se avessimo oggi sette anni di vacche magre, penseremmo a un processo distruttivo messo in atto dall'uomo stesso non avendo previsto, ad esempio, che i prati dei pascoli si sarebbero contaminati con i veleni magnetici scaricati in aria dalla spazzatura spaziale. Ma nessuno penserebbe più a una punizione Superiore. L'uomo moderno ha smesso di credere che un Essere Supremo possa disturbare o stravolgere la sua vita terrena. Ha paura dei cataclismi della natura ma non ammette che un'energia suprema possa buttarci polvere negli occhi o aspirarci l'aria. Noi siamo energia, tu, io, tutti gli esseri viventi lo sono. Ci pensi mai a quanta energia promiscua conduciamo verso l'alto? Energia malvagia di assassini, di lotte, di guerre, di tutte le nefandezze che commettiamo da sempre, benevolmente stemperata da tutti quelli che sulla Terra agiscono o hanno agito in nome dell'Amore. Quando ti senti stanco non dici forse che sei scarico, come una batteria andata? Io credo che noi non esistiamo più da tempo, siamo dentro a un capovolgimento, la nostra materia corporea esiste, resiste, ma la mente è schiumosa, l'insieme umano è fatto di tanti amorfi; ci siamo lasciati sfilare le speranze e le abbiamo annodate ai miti terreni, a colossi dai numeri infiniti. I governi hanno sempre lanciato lontano i problemi: sui piccoli prati c'è sempre stato il sole, ma siamo orticole disposte a bina e cresciamo impiccati come i pomodori. Poi lentamente, in quel lontano, si formano silenti problemi ben più grossi che ci investono con l'urto di un'onda gigantesca. Lasciare andare le cose: ce lo hanno disegnato bene nella testa. Cercavamo il vigore della carne, il piacimento nella materia, e abbiamo lasciato sconfinare i demoni. Siamo seriali nella nostra fantasia di libertà. Reiteriamo col peccato del crederci. Sempre, comunque. Non c'è nessuna Anna che ci aggiusti gli strappi della carne, che ripari le nostre ferite. Nessuno si è preso cura dell'uomo. Ma se è vero che siamo frattali, e dunque parte energetica di un tutto che è racchiuso dentro di noi, allora è vero che dobbiamo smetterla di cercare una ragione terrena. Pensa per un attimo se noi fossimo solo la proiezione del pensiero di un'entità complessa superiore. Dovremmo tornare indietro, almeno al 2000, e riconcepire un'umanità più consapevole, più leale. Dove sono i nostri amici? Quand'è che l'amore è diventato una fandonia per giustificare delitti, per autorizzare punizioni, per negoziare relazioni? Forse da sempre è stato così. Ma perché di persone come Anna adesso non si parla, quando si è persa la sua memoria, e perché? Il senso della vita, il valore del tempo, cosa sono oggi? Il primo è un avanzo di stenti, il tempo invece è solo un sacco vuoto, riusciamo a riempirlo di sassi, a caricarcelo in spalla, come una croce, per camminare goffi come le scimmie. Non possiamo capire tutto ma nemmeno, per vigliaccheria, possiamo accettare tutto. Ci hanno educati alla rassegnazione, all'accettazione del dolore. Lo sai cosa mi sconforta di più? Che l'uomo, l'umanità, noi tutti non siamo pentiti di quello che abbiamo ottenuto, di quello che siamo diventati, siamo dei menefreghisti. Stiamo lì appesi come i pomodori senza più le bocche. Non abbiamo più una visione critica della realtà: ci accontentiamo di presunte verità che fanno esplodere le montagne, non per aprire varchi ma per nascondere tutto sotto il peso delle pietre. L'umanità intera mi fa paura. È una carica di energia promiscua, di opposti. Sarebbe bello se la diversità creasse valore, ma abbiamo saputo solo creare distanze, tra chi sta bene e chi sta male, tra chi ha privilegi e chi non ne ha. Siamo disperati. Questo siamo diventati».

IL PENSIERO ATTUALE

Monologo di Rove

«Nei secoli abbiamo perso il significato delle parole, le abbiamo usate malamente, abbiamo stravolto le nostre piccole babeli per cercare di capirci tutti. Abbiamo rinnegato le nostre canzoni popolari per innalzare un canto globale. Ma mentre noi consegnavano le nostre fedi d'oro, qualcuno ci rubava le anime. Abbiamo perso la pazienza e l'umiltà, abbiamo lavorato di astuzia e di cesello, per scuoterci l'un l'altro. Le colpe sono diventate un'ostia con cui riempirsi la bocca. Ci hanno insegnato a meditare come le oche, mentre noi avevamo i Santi da contemplare. Abbiamo spalancato le porte ai nemici e siamo rimasti inermi mentre saccheggiavano tutti i vocaboli della bellezza. Jolie, reggimi l'anima, tu sai leggerla. Ne comprendi timori e passioni. Il nostro dolore nasce dall'errata convinzione che ci sia un Dio lassù che brami la nostra sofferenza. Non è così. Non vi è nessun sacrificio da eternizzare. Anche una madre che ama punisce un figlio per gli errori, ma non per questo vuole la sua sofferenza, anzi, brama la sua salvezza. La porta di Luce non si apre bussando straziati. Si apre nel Silenzio. Dobbiamo ricominciare ad amare ogni essere vivente sulla Terra. Ogni essere vivente che incrociamo. Dobbiamo essere gaudenti per un amore universale. Dobbiamo rifiutare gli egoismi, siamo parte di un meccanismo di energia complessa. Dobbiamo fare in modo che si levi un coro virtuoso, di grazia e di amore, di gentilezza e di acqua e di fuoco. L'amore è dentro di noi, e se l'uomo non lo riconosce si estinguerà presto».

ESTINZIONE

Quasi un epilogo

Tutti gli uomini hanno forzato la loro sorte, e creduto che il solo vivere fosse già magnifico.

Hanno lasciato che la chioma dei metalli gli riempisse la testa, e creduto che la febbre che avevano altro non fosse che un colpo di freddo.

Poi c'era sempre qualcuno pronto a fotografarli, per fargli vedere quanto bellissimi fossero.

Ma nessuno di loro riusciva a vedere l'altro mentre si schiantava, mentre provava e riprovava a stare in piedi nel cielo.

Sono rimasti senza ingrasso nelle ali.

Ci fosse stato ancora un Universo avrebbero chiesto dove fossero gli altri compagni di classe, tutti quelli che non avevano mai baciato, tutto il sangue dal quale non si erano ancora asciugate le mani.

Loro hanno aspettato che qualcuno gli chiedesse di quante cose avessero scritto tappandosi con forza le orecchie; di quanto nella loro esistenza avessero voluto lasciar ammuffire, cancellare; di quante volte non avessero girato la testa temendo di poter morire, senza immaginare che in fondo la vita ha sempre uno scenario familiare.

Loro hanno lasciato tutti quanti i morti dentro a una stampa, dentro a un secchio. Perché non hanno mai creduto che le mani in croce potessero essere la risurrezione. E hanno detto che la loro morte era già stata pagata dai padroni.

Non hanno visto quell'albero antico, insospettabile.

Hanno continuato a comprare carte per tamponare le loro budella.

Hanno detto che per qualsiasi febbre sarebbero bastate tre notti e una dose antibiotica.

Per questo sono diventati un sacchetto di supermercato per chiunque volesse comprare qualcosa: la sporcizia, o anche la fine, quella che procede velocemente.

Non hanno avuto la pazienza necessaria.

E si sono attaccati per il collo a delle travi e sono scappati come le lepri; alla prima occhiataccia si sono pisciati addosso, si sono inginocchiati con la bocca aperta come il più debole degli uccelli.

Ora che stanno tutti sul bordo della terra si chiedono quanti siano i santi rimasti ancora in cielo, sperando che nessuno di loro rimanga immobile.

Qualcuno giurerà di averli visti apparire ultravioletti e anche bianchissimi, di averli visti mentre si aggrappavano ai femori di chi stava proprio per cadere giù.

Qualcuno giurerà che ognuno di loro ha una stella accanto e una lacrima sulla guancia.

Tutti penseranno che non ci sarà nessuna penitenza, che in fondo altro non è stato che un terremoto, un semplice dolore della terra.

E nessuno mostrerà i fazzoletti neri, gli anni morti.

Tutti diranno che è stato un intervallo.

Diranno che senza l'uomo non ci sarebbero stati Maria e Giuseppe, non sarebbe venuto Gesù, che anche gli Angeli avrebbero avuto una mente infantile.

Tutti diranno che senza l'uomo sarebbero morte le vacche, i fiori e le acque alle fontane, che senza l'uomo nulla sarebbe rinato.

Tutti diranno che qualcuno di loro è diventato strambo, perché ha creduto fosse per davvero possibile far stancare l'eternità, farla esasperare.

Sarà per questo disordine che verrà spiegato che non serve avere paura; perché ormai si sa tutto di questo funzionamento e che arriveranno, sempre e comunque, gli anni a frotte e che l'universo avrà sempre le tavole allestite e messe in festa.

Alla fine, nessuno di loro riuscirà a vedere Dio. Sarà così che detterà la parola mancante; poi lascerà andare tutti quanti, e non ci sarà il tempo di sentirlo mentre chiede di essere perdonato.

FORZARE IL SISTEMA

«Cosa dobbiamo fare, Rove?».

«Dobbiamo avere coraggio, rischiare, scardinare i dogmi. Andare contro questi ingranaggi rotti del sistema. Abbiamo le parole di Anna da divulgare, sono strumenti potenti di ri-civilizzazione potenti. Possiamo farlo. Dobbiamo farlo. Riscriviamo le virtù. Carichiamo le pagine di Anna e di Coraline in rete, liberiamo le menti dalle ganasce che le stritolano, facciamo in modo che le parole di questi diari arrivino su tutti gli holomonitor e poi vengano portate anche alla gente per le strade. Carichiamo immagini di uomini con le maschere. Da quelle del Teatro a quelle di Anna, poi anche le foto degli anni della pandemia, quella iniziata nel 2020. Facciamo in modo che le anime si riprendano come la spugna secca nell'acqua».

«Mettiamoci al lavoro».

HOLOLOAD COMPLETATO

«Console Keat! Guardate! Sta succedendo qualcosa di anomalo al quartier generale della Senna».

«Cosa?».

«C'è un eccesso di dati in entrata sul mio holomonitor. Sembra che Rove e Jolie stiano caricando anziché azzerando dati».

«Devo avvisare il governatore».

«Fate presto, Console Keat!».

UN PROGRAMMA SPECIALE

Nel 2050 un uomo conosciuto come "Il governatore mondiale" aveva ideato un programma di resettaggio umano e della memoria.

Aveva un QI eccezionale, aveva bisogno di un team di uomini capaci e coraggiosi. Il progetto nella sua interezza era noto solo al suo subalterno Console Keat.

Gli incaricati della missione erano i cosiddetti "azzeratori di memoria" che dovevano essere profondi conoscitori della materia da cancellare dalla rete mondiale.

Per via di questioni professionali, gli azzeratori non dovevano subire alcun livellamento dei connotati, per una questione di riconoscimento facciale, ma anche perché la procedura era ancora in fase di sperimentazione e circoscritta a una popolazione selezionata.

Secondo il Governo Mondiale, la sopravvivenza dell'umanità poteva essere garantita solo grazie al pilotaggio mentale di un unico cervello centrale che avrebbe regolato tutti i meccanismi sociali.

Negli anni precedenti, molti improvvisati pensatori, per lo più epuloni, erano stati una vera minaccia, un pericolo, per il funzionamento dell'intero sistema.

Rove, ricercatore universitario, era stato incaricato dal Console governativo francese di eliminare dagli archivi della rete mondiale, tutti i documenti storici relativi alle maschere: dalla letteratura, alla Storia.

Il Governo Mondiale temeva attacchi persino dal suo interno, quindi teneva gli *azzeratori* il più lontano possibile dal Centro, affinché potessero lavorare senza distrazioni o interferenze; questi entravano all'EAC sotto falsa identità. Rove ufficialmente era il recapitatore di capsule di dermocollante.

IL BLU COBALTO

Quella stessa sera l'holoclok di Rove segnalò un innalzamento della temperatura in cortile.

Era il segnale di un'intrusione. Poteva essere un randagio in cerca di cibo o una squadra di controllo inviata dal Centro.

«Svelta, nascondi il diario, sta per arrivare qualcuno».

«Come facciamo con i dati? Non possiamo interrompere il caricamento».

«Jolie, fa come ti ho detto! L'holoclock mi sta segnalando...».

«Rove, Jolie, aprite!».

«Cazzo, siamo fottuti».

«È il Console Keat».

«Ci sopprimerà per tradimento?».

«Aprite, è un ordine!».

Rove attivò l'holobuilder per l'apertura.

Il Console Keat era solo. Nessun anticipatore di protezione, nessun'arma attivata. Il suo volto senza tensioni incuteva, se possibile, ancor più timore della stessa consapevolezza del danno causato. Un uomo che urla fa paura ma si svela, e disvela la sua debolezza o il punto esatto in cui è stato offeso, ferito, tradito, aggredito. Un uomo che tace, dinnanzi al nemico, riempie il silenzio con sovrapposizioni di incognite e di paure.

Rove e Jolie non riconobbero nei tratti del volto del loro responsabile alcuna intenzione. Quella presunta calma faceva rabbrividire ancor più della paura. Rove si sarebbe sacrificato pur di salvare il progetto anarchico, e anche Jolie. Le si fece scudo, anche sapendo che in un attimo sarebbero potuti finire inceneriti.

«Non vi aspettavamo...».

«Lo so. Come procede il lavoro? La missione a che punto è?».

Sull'holomonitor una sequenza di dati si riproduceva a velocità superluminal e restituiva l'idea di un'infinita colata di blu cobalto.

Rove sapeva che anche il Console la stava visualizzando nel suo holomonitor.

«Ho sempre amato il blu cobalto».

Rove e Jolie ebbero la conferma che il Console stava osservando quel flusso in entrata cercando di tradurre i dati.

«È un simbolo di purezza e splendore, sapete? Lo hanno sempre amato molto anche gli artisti, nelle epoche che ci hanno preceduto. Lo usavano per enfatizzare mistero e abbondanza. È vivace, favorisce la creatività, pensate a Renoir, che lo ha usato per la Senna, o a Monet, che ne ha fatto ombra sulla neve».

«A Van Gogh nella sua notte stellata...» intervenne Jolie.

Il Console annuì.

«Ha dato un'impronta ai grandi capolavori. Lo sai, Rove? Voi due siete sempre stati i miei preferiti, per la sobrietà del vostro vivere, mai una parola fuori posto, mai un tono alterato, mai. Mai. Mai una ribellione».

«Console...».

«Taci, Rove, non sono qui per le tue scuse». Il Console si muoveva lento, non aveva alcuna fretta di concludere quella conversazione. Col suo holobuilder definì, al centro della stanza, una poltrona di pelle bianca. Vi si abbandonò sopra.

«Vi abbiamo selezionati con criteri molto rigidi: siete i migliori che abbiamo e la fortuna ha voluto che foste pure compagni nella vita. È stato anche più facile di quanto pensassimo tenervi sotto controllo».

Più il Console parlava pacato più Rove e Jolie erano disorientati. Non capivano dove volesse andare a parare. Sembrava trovasse una sorta di compiacimento nel tenerli sulla graticola. Era ben nota la crudeltà con cui il Centro risolveva i problemi. Chiunque si opponesse al sistema e alle regole finiva polverizzato, ma prima doveva assistere alla propria dolorosa fine sull'holomonitor, o su un altro holodevice, il tempo esatto di una redenzione, di un pentimento, o per un suicidio.

Rove e Jolie sapevano di non avere scampo: o pentirsi o suicidarsi. Stavano per attivare i sensori autodistruttivi dei loro holoclock, che avrebbero iniziato a rallentare i battiti del cuore e la circolazione del sangue, e sfilato dalle loro gole anche l'ultimo affanno.

«Un attimo. Sedetevi, vi faccio sentire una cosa».

EPILOGO

Prima di piangere o di sorridermi guardate con che cosa avete l'abitudine di vivere.

Voi, non sapete cosa sia l'anima della vostra anima, quale sia l'incarico che avete avuto al di fuori dalla capacità di morire.

Voi non sapete a cosa serva la velocità della luce, quante siano poche le memorie che poi conserviamo dalla terra.

Io vi vedo tutti sparsi qua e là, senza pace e senza immaginazione.

Vi vedo che ciecamente pensate che io esista. Ma vi chiedo, mi avete mai dato un'offerta? Una mano riccamente generosa?

Io vi vedo tutti quanti come ragazzetti che se la cavano meglio dentro casa: state rinchiusi e pensate che la vita là fuori sia inavviabile, e allora preferite dire che è già finita.

Non parlatemi, perché nessuno di noi vuole sapere che cosa adesso stiate pensando.

Non avevate né uno straccio di futuro né, a raccontarvela breve, una nuova risurrezione.

Voi contavate i pani sulla tavola della cucina, i pesci dentro al vostro frigo. Voi credevate bastasse addestrare la fame per salire bellamente in cielo: la vita che vedete è fatta di benzina, di programmatori social, di un mondo frivolo.

Voi che avete cercato nel male il conforto, e avete voluto che cadessero in una volta tutti i secoli; voi che siete stati sconcertanti con la carne giovane di Cristo. Voi che avete rimescolato le carte e avete pensato di fare bene e avete lasciato fuori tutti quelli che ora guardano nel buio.

Voi che pensate sia un peccato farsi un'idea, perché se parte da sotto è un proiettile, e allora vi leccate le ferite, perché non sono evitabili. Voi che quando se ne va la speranza contate i passi che mancano alla morte. Voi che scivolate in qualsiasi cesto carico di muffa. Voi lo capite che vi è stata tesa un'esca?

Voi lo capite perché dovete fermarvi? Lo capite perché dovete diventare inutili?

Dio in questa storia ha ormai detto tutto. Noi lo abbiamo perso quando ce lo siamo messo sotto le ascelle, quando abbiamo pensato fosse un pubblicitario, quando gli abbiamo chiesto di farci l'oroscopo.

I dati continuavano a scorrere in quel blu cobalto.

INDICE

Scatti

1. Francesca Lia Block, *Angeli pericolosi*
2. Anna Stothard, *Isabel*
3. Rebecca Godfrey, *La gonna strappata*
4. Roman Dirge, *Lenore. Piccole ossa*
5. Roman Dirge, *Lenore. Piccole ossa crescono*
6. Christopher Moore, *Un lavoro sporco*
7. Eileen Favorite, *Il bosco delle storie perdute*
8. Katherine Dunn, *Carnival Love*
9. Elizabeth Hand, *Non credere ai tuoi occhi*
10. James Fogle, *Drugstore Cowboy*
11. Christopher Barzak, *La voce segreta dei corvi*
12. Francesca Lia Block, *Echo*
13. Libba Bray, *Una grande e terribile bellezza*
14. Robert Cormier, *Scomparire*
15. Shelley Klein, *Tra di noi*
16. Roman Dirge, *Lenore. Ossa e frattaglie*
17. Karen Russell, *Il collegio di Santa Lucia per giovinette allevate dai lupi*
18. Libba Bray, *Angeli ribelli*
19. Lise Myhre, *Nemi. Cuori borchiati*
20. Lise Myhre, *Nemi. Amori metallici*
21. Christopher Moore, *Il Vangelo secondo Biff*
22. Shaun Tan, *L'approdo*
23. Donald Ray Pollock, *Knockemstiff*
24. Inês Pedrosa, *Senza di te*
25. Paul Torday, *L'irresistibile eredità di Wilberforce*
26. Perihan Mağden, *In fuga*
27. Rebecca Godfrey, *La ragazza che doveva morire*
28. Sebastian Fitzek, *Il ladro di anime*
29. Christopher Moore, *Suck!*

30. Libba Bray, *La rivincita di Gemma*
31. Warren Ellis, *Con tanta benzina in vena*
32. Sven Regener, *I berlinesi*
33. Christopher Moore, *Fool*
34. Shaun Tan, *Oggetti smarriti*
35. Roman Dirge, *I mostri nel mio pancino*
36. Herman Brusselmans, *Ex Drummer*
37. Sebastian Fitzek, *Il bambino*
38. Mark Oliver Everett, *Rock, amore, morte, follia*
39. Malinda Lo, *Ash*
40. Paul Torday, *La ragazza del ritratto*
41. Beate Teresa Hanika, *Cappuccetto Rosso deve piangere*
42. Joshua Mohr, *Tutto quello che amo in questa vita al contrario*
43. Francesca Lia Block, *Pretty Dead*
44. Sebastian Fitzek, *Schegge*
45. Roman Dirge, *Lenore. Ossa e frattaglie a colori*
46. Christopher Moore, *Sesso e lucertole a Melancholy Cove*
47. Erik Raschke, *Il libro di Samuel*
48. Pia de Jong, *Verso Nord*
49. Eva Baronsky, *Il Signor Mozart si è svegliato*
50. Marilù Oliva, *¡Tú la pagarás!*
51. Dan Simmons, *Drood*
52. Alex Preston, *Questa città che sanguina*
53. Glenn Taylor, *La ballata di Trenchmouth*
54. Robert Cormier, *Tenerezza*
55. E.O. Wilson, *Anthill*
56. Niklas Asker, *Il giorno in cui non ci incontrammo*
57. Sebastian Fitzek, *La terapia*
58. Shaun Tan, *The Rabbits*
59. Inge Löhnig, *Silenzio bianco*
60. Katarina Mazetti, *Il tizio della tomba accanto*
61. Donatella Di Pietrantonio, *Mia madre è un fiume*

62. Gianni Miraglia, *Muori Milano muori!*
63. Paul Torday, *Vita avventurosa di Charlie Summers*
64. Karen Russell, *Swamplandia!*
65. Jojo Moyes, *L'ultima lettera d'amore*
66. Christopher Moore, *Demoni. Istruzioni per l'uso*
67. Bradford Morrow, *La rabdomante*
68. Marilù Oliva, *Fuego*
69. Donald Ray Pollock, *Le strade del male*
70. Michel Rostain, *Il figlio*
71. Katarina Mazetti, *Tomba di famiglia*
72. Harold Cobert, *Un inverno con Baudelaire*
73. Shaun Tan, *Il re degli uccelli*
74. Shaun Tan, *Memorial*
75. Majgull Axelsson, *Strega d'aprile*
76. Pierpaolo Vettori, *Le sorelle Soffici*
77. Dj Stalingrad, *Esodo*
78. Paul Torday, *Pesca al salmone nello Yemen*
79. Morgan Callan Rogers, *Un cuore rosso rubino in un freddo mare blu*
80. Christopher Moore, *Sacré Bleu*
81. Sacha Naspini, *Le nostre assenze*
82. Gwendoline Riley, *Posizioni opposte*
83. Suzanne Joinson, *Guida per signore in bicicletta sulla Via della Seta*
84. Katarina Mazetti, *Taci! Sei morto!*
85. Marilù Oliva, *Mala Suerte*
86. Remco Campert, *Festa d'estate*
87. Viviane Chocas, *Sto molto meglio dei miei amici morti*
88. Ry Cooder, *Los Angeles Stories*
89. F.G. Haghenbeck, *Un cocktail amaro per Sunny Pascal*
90. Mirco Dondi, *I malriusciti*
91. Heidi Julavits, *The Vanishers*
92. Filippo Strumia, *Flumen*
93. Christopher Moore, *Uno stupido angelo*

94. Shaun Tan, *The Viewer*
95. John Kenn Mortensen, *Post-it Monsters*
96. Pierre-Henri Loys, *Piccoli scherzi della morte*
97. Paul Torday, *L'eredità di Hartlepool Hall*
98. Jonathan Harvey, *Tutti i miei desideri*
99. Marc Michel-Amadry, *Due zebre sulla Trentesima Strada*
100. J.M. Tohline, *La ragazza che fermò il tempo*
101. Matti Joenssu, *La stanza di ferro*
102. Alex Marwood, *The Wicked Girls*
103. Karen Russell, *Un vampiro tra i limoni*
104. Tan Twan Eng, *Il giardino delle nebbie notturne*
105. Laura Mühlbauer, *La sarneghera*
106. Christopher Moore, *L'isola della sacerdotessa dell'amore*
107. AA.VV., *Scrittori fantasma*
108. Chris Bohjalian, *Le ragazze del castello di sabbia*
109. Willie Morris, *Il mio cane Skip*
110. Deborah Moggach, *Marigold Hotel*
111. Edna O'Brien, *Ragazze di campagna*
112. Samhita Arni, *La regina scomparsa*
113. Paul Torday, *Una luce nella foresta*
114. Saswati Sengupta, *La dea combattente*
115. Aurelio Grimaldi, *Malaspina*
116. Lilian Auzas, *Riefenstahl*
117. Roman Dirge, *Lenore. Ossa frullate*
118. Evgenij Vodolazkin, *Lauro*
119. Jean-Noël Schifano, *E.M. o La Divina Barbara*
120. Giovanna De Angelis, *La frattura*
121. Donatella Di Pietrantonio, *Bella mia*
122. Pia Juul, *L'omicidio di Halland*
123. Paul Torday, *Colazione all'Hotel Déjà-vu*
124. Edna O'Brien, *Ragazze nella felicità coniugale*
125. Chris Bohjalian, *La levatrice*

126. Simona Rondolini, *Dovunque, eternamente*
127. Marcos Giralt Torrente, *Il tempo della vita*
128. Elizabeth Jolley, *L'enigma di Mr. Scobie*
129. Remco Campert, *Un amore a Parigi*
130. Christopher Moore, *Il serpente di Venezia*
131. Deborah Moggach, *L'Hotel dei cuori infranti*
132. Berenice Rubens, *Mia cara sconosciuta*
133. Marilù Oliva, *Le Sultane*
134. Elisa Casseri, *Teoria idraulica delle famiglie*
135. Edna O'Brien, *Lungo il fiume*
136. Stella Gibbons, *Lo scapolo*
137. Marjana Gaponenko, *La misteriosa scomparsa del piccione migratore*
138. Renzo Paris, *Il fenicottero*
139. Pierpaolo Vettori, *La vita incerta delle ombre*
140. Cristina Sánchez-Andrade, *Le sorelle Inviernas*
141. Damien Luce, *La figlia di Debussy*
142. Erica Barbiani, *Salone per signora*
143. Paul Torday, *Theo*
144. Christopher Moore, *La vampira della porta accanto*
145. Edna O'Brien, *La luce della sera*
146. Stefano Pistolini, *Fuoco sacro*
147. Marcos Giralt Torrente, *La fine dell'amore*
148. Francesca Scotti, *Il cuore inesperto*
149. Marilù Oliva, *Lo Zoo*
150. Monica Dickens, *Su e giù per le scale*
151. Julian Cope, *Uno tre uno*
152. Bernice Rubens, *Nove vite*
153. Gesuino Némus, *La teologia del cinghiale*
154. Gauz, *Posti in piedi*
155. Manlio Cancogni, *Il trasferimento*
156. Christopher Moore, *Mordimi!*
157. Berry Fleming, *Matrimonio in campagna*

158. Renzo Paris, *Pasolini. Ragazzo a vita*
159. Albert Russo, *Sangue misto*
160. Monica Dickens, *Su e giù per le corsie*
161. Mempo Giardinelli, *Sant'Uffizio della memoria*
162. Giuseppe Catanzaro, *Charlie non fa surf*
163. Mary Stewart, *La grotta di cristallo*
164. Elvira Mujčić, *Dieci prugne ai fascisti*
165. Stephen Gregory, *Il cormorano*
166. Toine Heijmans, *Fuga sul mare*
167. Christopher Moore, *Anime di seconda mano*
168. Mariusz Czubaj, *21:37*
169. Christos Ikonomou, *Dal mare verrà ogni bene*
170. Gesuino Némus, *I bambini sardi non piangono mai*
171. Carlos Solito, *Sciamenesciá*
172. Mary Stewart, *Le grotte nelle montagne*
173. Marilù Oliva, *Questo libro non esiste*
174. Chris Bohjalian, *La stanza degli ospiti*
175. Renzo Paris, *Cani sciolti*
176. Monica Dickens, *Il mio tirno per il tè*
177. Pietro De Angelis, *Il mistero di Paradise Road*
178. Paolo Cioni, *Il mio cane preferisce Tolstoj*
179. Laura Lindstedt, *Oneiron*
180. Tom Sharpe, *Wilt*
181. David Filip, *Pellegrini del cielo e della terra*
182. Arturo Belluardo, *Minchia di mare*
183. Alessandro Berselli, *Le siamesi*
184. Eugenia Rico, *Gli amanti*
185. Mary Stewart, *L'ultimo incantesimo*
186. Monica Dickens, *Il prigioniero felice*
187. Ludovico Del Vecchio, *La compagnia delle piante*
188. Wendy Guerra, *La domenica della rivoluzione*
189. Gesuino Némus, *Oro pro loco*

190. Donald Ray Pollock, *La tavola del paradiso*
191. Timur Kibirov, *Lada. Cronaca di un amore felice e fedele*
192. Peppe Bettoliere, *Giannina*
193. Mario Andrea Rigoni, *Miraggi*
194. Gwethalyn Graham, *In terra e in cielo*
195. Su Tong, *Racconti fantastici*
196. Elisa Fuksas, *Michele, Anna e la termodinamica*
197. Dorothy B. Hughes, *Il capro espiatorio*
198. Filippo De Matteis, *Cuori di seppia*
199. Jia Pingwa, *Lanterna e il Distretto dei Ciliegi*
200. Lorenzo Della Fonte, *Chopin non va alla guerra*
201. Barbara Vasco, *Che cosa diranno i vicini?*
202. Roberto Todisco, *Jimmy l'americano*
203. Renzo Paris, *Bambole e schiavi*
204. Nan Shepherd, *La casa del tempo*
205. Cristiana Astori, *Tutto quel buio*
206. Filoreto D'Agostino, *Le regole della prudenza*
207. Alessandro Mazzarelli, *L'uomo in blu*
208. Patricia Ratto, *Trasfondo*
209. Ludovico Del Vecchio, *La cura degli alberi*
210. Christopher Moore, *Noir*
211. Mollie Panter-Downes, *Una bella giornata*
212. Marina Di Domenico, *La bibliotecaria*
213. Marco Biaz, *Coincidenze*
214. Andrea Carraro, *Il branco*
215. Nagai Kafū, *Rivalità. Ricordi di una geisha*
216. Maurizio Sbordoni, *Quarks!*
217. Lorenzo Della Fonte, *Il senso del tempo*
218. Eugenia Rico, *Il sentiero del diavolo*
219. Fabrizio Bolivar, *Sei a zero*
220. Silvio Raffo, *La voce della pietra*
221. Helen Weinzweig, *Abito nero con perle*

222. Renzo Paris, *La banda Apollinaire*
223. Laura Frassetto, *La terra dei sussurri*
224. Manfred Klimanski, *Senza fiato. La prima indagine di Heinz Schmitt*
225. Maurizio Cotrona, *Il figlio di Persefone*
226. Mario Andrea Rigoni, *Disinganni*
227. Patricia Ratto, *Piccoli uomini bianchi*
228. Gesuino Némus, *Il catechismo della pecora*
229. Alessandro Berselli, *La dottrina del male*
230. Michele Caccamo, *Con le mani cariche di rose*
231. David Santoro, *Arcipelago*
232. Silvio Raffo, *Il segreto di Marie-Belle*
233. Elvira Mujčić, *Consigli per essere un bravo immigrato*
234. Kristina Carlson, *Il giardiniere del signor Darwin*
235. Moira Pearce, *Tramonti*
236. Simona Rondolini, *Gli alberi strani*
237. Danilo Manera, *Lamalasantísima*
238. Ludovico Del Vecchio, *Il movimento delle foglie*
239. Lorenzo Della Fonte, *Il codice Debussy*
240. Eugenia Rico, *La morte bianca*
241. Paolo Cioni, *La verità a pagina 31*
242. Filippo De Matteis, *In paese stavano gli uomini*
243. Gesuino Némus, *L'eresia del Cannonau*
244. Riccardo Reim, *Una giraffa sul lungotevere*
245. Michele Caccamo, *Il segno clinico di Alda*
246. Jia Pingwa, *Il vecchio*
247. Laura Lindstedt, *La mia amica Natalia*
248. Francesca Violi, *Sulla riva*
249. Licia Conte, *Lucia, Lolita e le altre*
250. Sidonia Drăguşanu, *La signora dagli occhiali neri*
251. Sergej Gandlevskij, *NRZB*
252. Danilo Manera, *Ballata delle montagne perdute*
253. Anaïs Barbeau-Lavalette, *Suzanne. Una donna in fuga*

254. Silvio Raffo, *Lo specchio attento*
255. Andrea Carraro, *Il Sorcio*
256. Benjamin Whitmer, *Pike*
257. Lorenzo Della Fonte, *Stoccafisso in salsa Verdi*
258. Eugenia Rico, *L'Età Segreta*
259. Jean-Paul Delfino, *Assassini! L'ultima notte di Zola*
260. Christopher Moore, *Shakespeare per scoiattoli*
261. Daniele Santero, *Vita breve di un domatore di belve*

Stampato da Fp Design s.r.l.
Via delle Baleari 228
00121 Roma
www.fp-design.it
per conto di Lit Edizioni s.a.s.